天皇家と藤原の閨閥　太字は本稿の主要人物

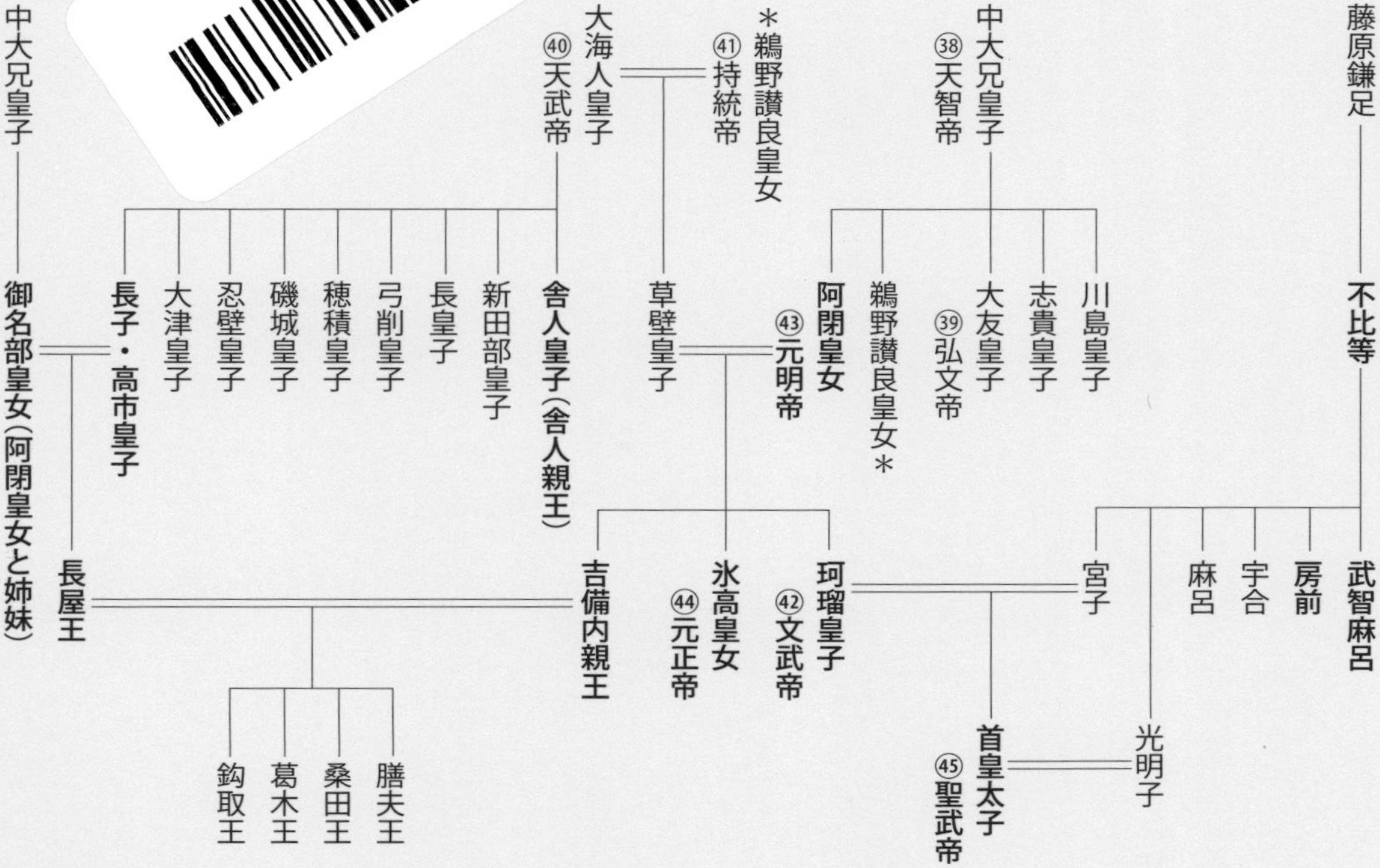

持統女帝の皇統意識

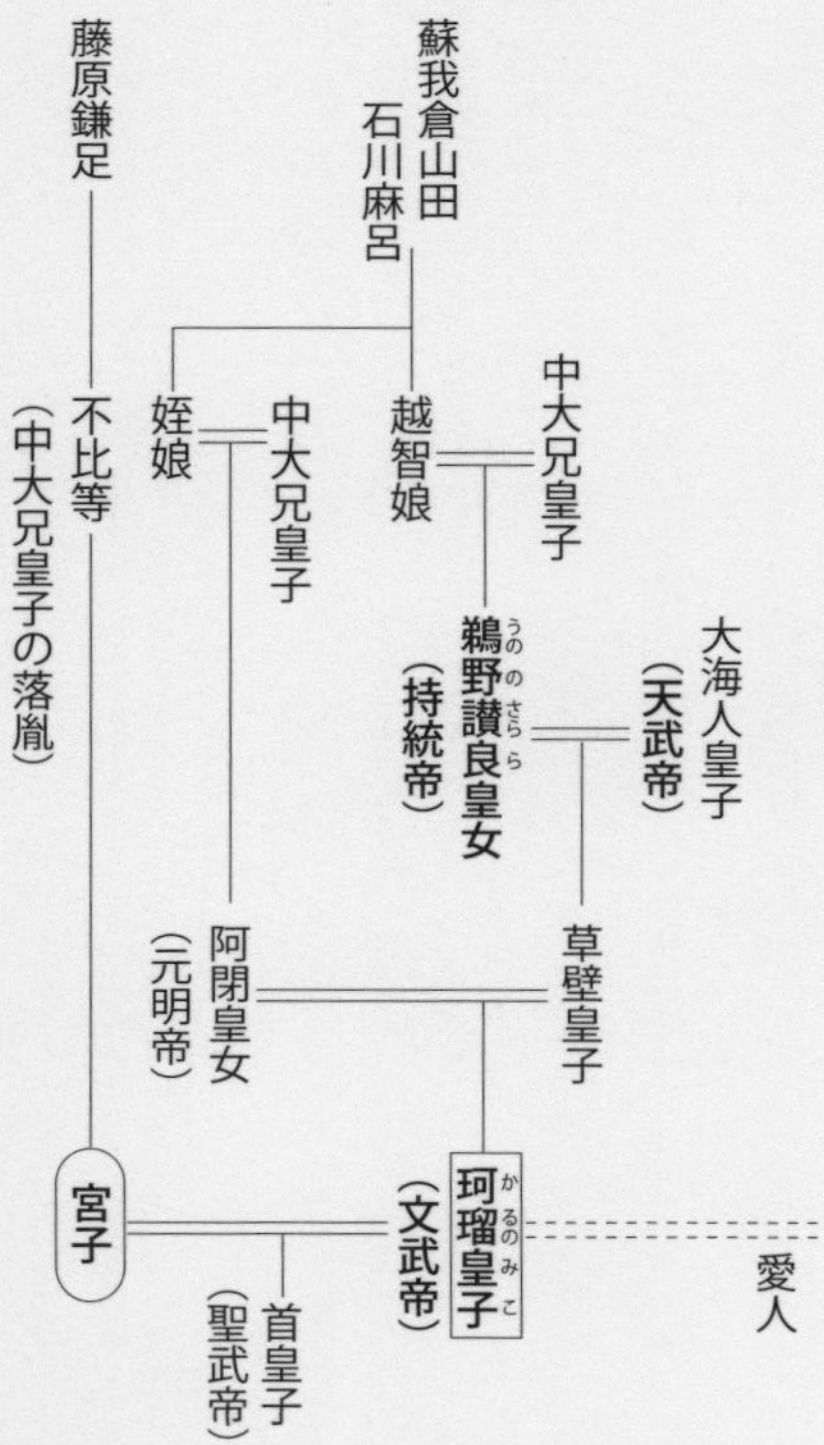

紀皇女と皇子たち

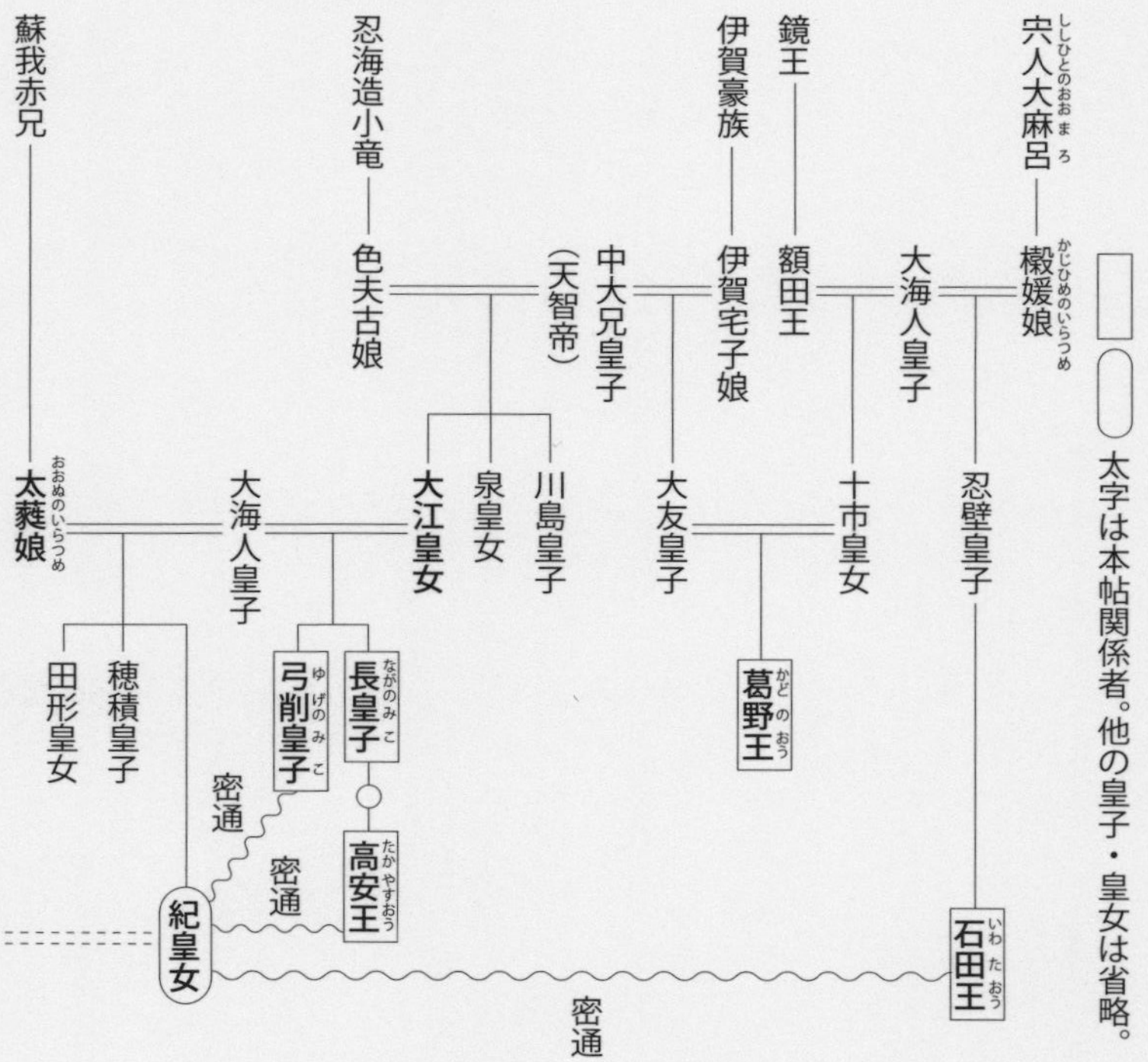

令和万葉秘帖

～落日の光芒～

大杉　耕一

郁朋社

令和万葉秘帖　落日の光芒／目次

旅人の帰路と朗詠の地

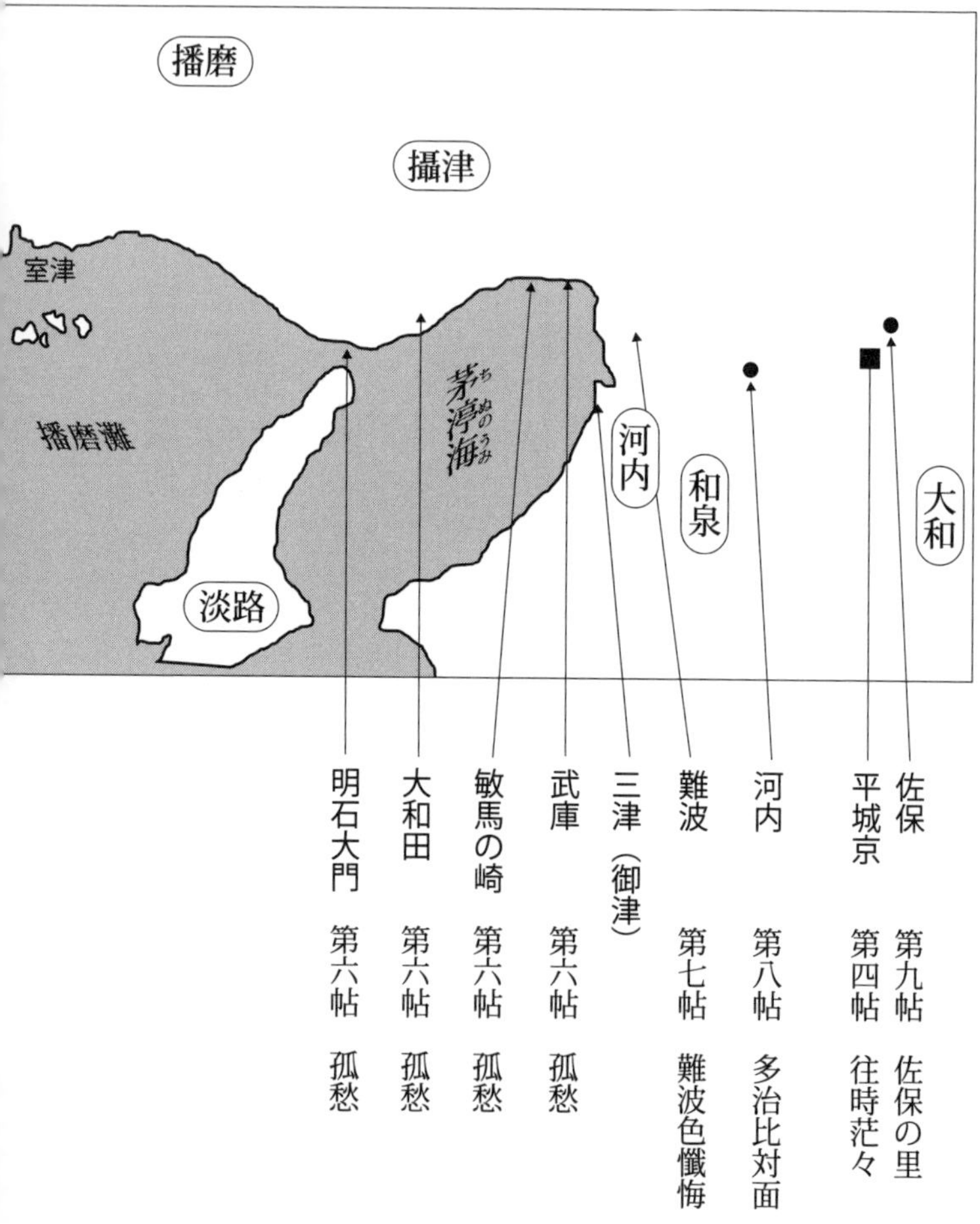

播磨
摂津
室津
播磨灘
淡路
茅渟海《ちぬのうみ》
河内
和泉
大和
佐保　第九帖　佐保の里
平城京　第四帖　往時茫々
河内　第八帖　多治比対面
難波　第七帖　難波色懺悔
三津（御津）
武庫　第六帖　孤愁
敏馬の崎　第六帖　孤愁
大和田　第六帖　孤愁
明石大門　第六帖　孤愁

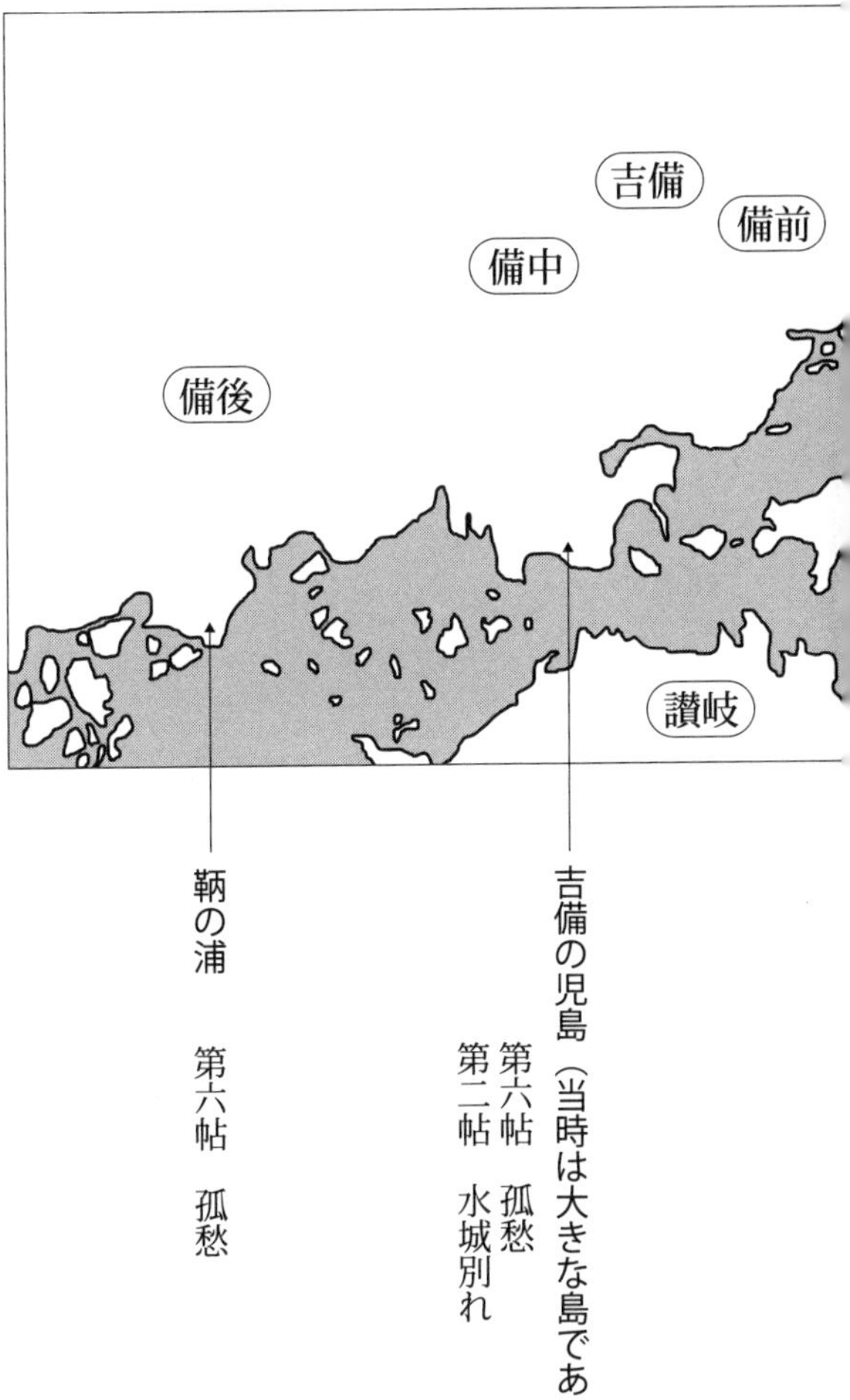
吉備
備前
備中
備後
讃岐
吉備の児島（当時は大きな島であった）
第六帖　孤愁
第二帖　水城別れ
鞆の浦　第六帖　孤愁

惜別の詠唱の地

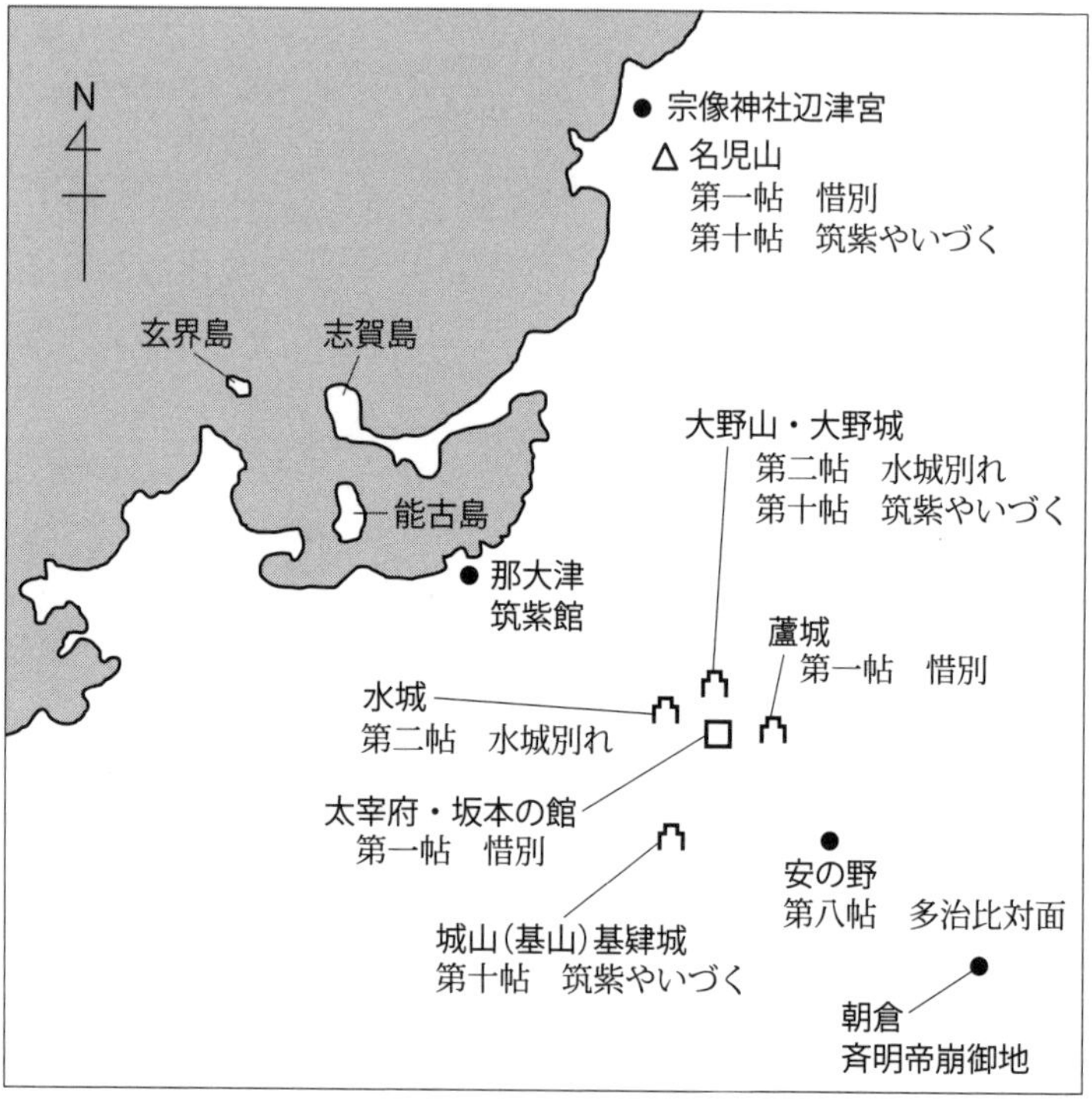
N
宗像神社辺津宮
名児山
第一帖　惜別
第十帖　筑紫やいづく
玄界島
志賀島
大野山・大野城
第二帖　水城別れ
第十帖　筑紫やいづく
能古島
那大津
筑紫館
蘆城
第一帖　惜別
水城
第二帖　水城別れ
太宰府・坂本の館
第一帖　惜別
安の野
第八帖　多治比対面
城山(基山)基肄城
第十帖　筑紫やいづく
朝倉
斉明帝崩御地

令和万葉秘帖

――落日の光芒――

第一帖　惜別《せきべつ》

韓《から》人の衣《ころも》染《し》むとふ紫のこころに染《し》みて思ほゆるかも
（麻田陽春《あさだのやす》　万葉集　巻四・五六九）

（一）大納言昇進

天平二年（七三〇）九月、大納言多治比池守《たじひのいけもり》が薨《こう》じた。

旅人は複雑な気持ちで、池守卿薨去の公報を受け取った。池守は傍妻《ぼうさい》・多治比郎女の伯父になり、家持、書持には血縁となる。

一方、長屋王の変では、聖武帝の勅命とはいえ、王を自刎《じけい》させた訊問団の一員であった。

——皇親派だった池守卿は、長屋王と藤原一族、いや帝との板挟みで懊悩《おうのう》して、悶死《もんし》されたのか、はたまた長屋王の旧臣の密《ひそ》かな暗殺か——

旅人は憶良に尋《たず》ねたいと思ったが、止めた。

――事実が分かったとて、詮《せん》無いことよ。ただ心残りは、池守卿に家持、書持をご覧いただきたかった――

池守の薨去により、大納言の席が一つ空いた。中納言の旅人が大納言に昇進し、――十二月に帰京せよ――との辞令を受け取った。

大納言は右大臣に次ぐ高官である。しかし、先任の大納言がいた。藤原武智麻呂《むちまろ》である。武智麻呂は中納言の時には旅人の次席であった。それが、長屋王の変の直後に、旅人を飛び越えて大納言に昇進し、権勢を掌中にしていた。左大臣長屋王が薨去し、右大臣も空席という異例な事態であった。

――肩書は大納言になったとて、表面だけのこと。武智麻呂の下ではお飾りにすぎぬ。席次の逆転も、これまた詮無きことか――

旅人には政事《まつりごと》の中枢に復帰する昂揚感は湧かなかった。

――唯一つ。大伴一族を再度纏められるな。藤原の遠謀に対抗する手段を講じておこう――

異母妹、坂上郎女は、旅人の大納言昇進を率直に喜んだ。

「兄上様、おめでとうございます。私はすぐに帰京し、佐保の館をきちんと片付けて、兄上ご一家を大伴一族の者たちと賑々しくお出迎えします。帰り道に名児山《なごやま》を越えて、宗像《むなかた》大社の辺津宮《へつぐう》に代参して、この地を去るご挨拶と、海路の安全をお祈りしていきましょう」

代々神道を崇敬する大伴氏族の家刀自《いえとじ》は、齋姫《いつきひめ》の役割を兼ねていた。坂上郎女は亡き義姉郎女《あねいらつめ》の代わりに、てきぱきと刀自の役を務めていた。

大伴氏族と大海人皇子（天武帝）、高市皇子、長屋王とは親近感が深い。高市皇子の生母は豪族宗像君徳善の女、尼子娘であった。宗像大社参詣はごく自然のことであった。

「それはありがたい。助かる。では吾は後日、荒津（那大津《なのおおつ》）から難波に船出しよう」

坂上郎女は、舎人五十名ほどを率いて、十一月半ば奈良に旅立った。

（二）蘆城《あしき》の宴餞《えんせん》

——帥殿、大納言に昇叙。十二月帰京——の情報は、瞬時に、太宰府、那大津（博多）、そして西国全領土に流れた。

これまで旅人左遷の心境を熟知し、同情していた大宰府政庁の官人や、筑紫をはじめ西国九カ国の国司や、薩摩、大隅の隼人たちも、栄進を喜ぶとともに、別れを惜しんだ。

——正三位の貴人、武将にして、これほど下々と和歌を詠み、防人たちにも気を配った方は、今までいなかった。今後も果たしているだろうか——

政庁でも国衙《こくが》でも、街の商家でも話題になっていた。惜別の情が広まっていた。

平素は大野城《おおののき》に詰めていた防人司佑《さきもりのつかさのすけ》の大伴四綱《よつな》が坂本の館に来た。

「帥殿、大宰府政庁や筑前国府の下級官人たちで、送別の宴を催します。場所は落ち着いて景観の良い蘆城駅舎《あしきのはゆまや》にしました」

と、旅人に知らせてきた。

蘆城は太宰府の東四里（約十六キロ）の郊外である。太宰府から宝満山《ほうまんざん》の米の山峠を越えて豊前国（大分県北部）を経て京師《みやこ》へ上る田河路《たがわみち》で、最初の駅舎《はゆまや》（官用の早馬《はやうま》を繋ぎ泊める宿）である。米の山峠から流れ下る宝満川の畔にあって、山野のたたずまいが美しいので、大宰府官人たちが気分転換の憩いの地として利用していた。職場から少し離れた場所で宴席を楽しむのは、今も昔も変わりはない。

当日夕、旅人は喜んで出向いた。

親分肌で若者たちに信望の厚い四綱が立ち上がって、

「今宵、この景勝の地、蘆城の駅舎にて、大宰府政庁や筑前の国衙の実務を支える諸氏に、大納言として京師へ帰る帥殿のため、かくも盛大な餞《はなむけ》の宴《うたげ》を催していただき、大伴一族配下の者として、まことに感激に堪えない。厚くお礼申し上げる。風雅の心溢れる諸氏から、餞別の和歌を贈っていただくと聞き、二重の歓びである。防人司佑の愚生には、まだ任期があるようで辞令は来ていないので……」

一同、大爆笑。四綱が右手で笑いを静めた。

「……まずは挨拶代わりに、それがしが一首を帥殿に献詠したい」

髭面の豪傑の軽妙洒脱な開宴の挨拶に、一同は大拍手を送った。

四綱は目を閉じ、背筋を弓のように張った。

月夜《つくよ》よし河音《かはと》清《さや》けしいざここに行くも去《ゆ》かぬも遊びて帰《ゆ》かむ
（大伴四綱　万葉集　巻四・五七一）

宴酣《たけなわ》となり、和歌好きの者たちが、旅人に送別の歌を詠んで、餞《はなむけ》とした。憶良の部下、筑前国の国司三等官である掾《じょう》の門部石足《かどべのいそたり》が立った。石足は先年、旅人邸での梅花の宴にも招かれおり、いい歌を詠んでいた。旅人の人柄に心酔していた。

鶯の待ちかてにせし梅が花散らずありこそ思ふ子がため
（門部石足　万葉集　巻五・八四五）

旅人の旅の安全を祈る気持ちと、尊敬の念を、波に懸けて詠唱した。

み崎廻《さきみ》の荒磯《ありそ》に寄する五百重波《いほへなみ》立ちても居てもわが思《も》へる君
（門部石足　万葉集　巻四・五六八）

続いて政庁の大典（上席四等官）である麻田陽春《やす》が立ち上がった。麻田陽春。和風の名であるが、百済系渡来民族の名門であった。父は百済王家の末裔《まつえい》で、高官達率《だつそつ》

(百済官制で大臣の佐平に次ぐ二等官)であった答本春初《とうほんしゅんそ》である。春初は兵法や築城術に長けていた。日本の百済復興支援軍が、白村江の戦で、唐・新羅連合軍に惨敗したとき、日本に亡命していた。天智帝は春初を召し出して、長門国《ながと》(山口県西部)に、朝鮮式山城を築かせた。

この功績により、春初の子の陽春は官人に採用され、神亀元年(七二四)麻田連《あさだのむらじ》の姓を賜って改姓していた。この時正八位上の位も受けていた。父に似て才能が有ったので、次第に出世して、この宴席の時は正七位上であった。後に外(定員外)従五位下、石見守《いわみのかみ》に栄進し、懐風藻にも五言の詩が採用されているほどの文才があった。

旅人は、この渡来人の下僚にも温かい目をかけていた。武人として、兵法家、築城家の答本春初に敬意を払っていたからである。

その陽春は格調高い秀歌を詠んだ。

韓人《から》の衣染《ころもし》むとふ紫のこころに染《し》みて思ほゆるかも

――外国の人が高度の技術で衣を染めるという。その高貴な紫の色のように、正三位の紫の衣を召されている旅人様のことが、心に染みるように思えてなりませぬ――

歌詠みのこころに人種差別はない。旅人を慕う陽春に同僚たちは大拍手を送っていた。

「今一首を謹呈致します」

と、陽春は旅人に頭を下げた。

大和へ君が立つ日の近づけば野に立つ鹿も響《とよ》みてぞ鳴く

（麻田陽春　万葉集　巻四・五七〇）

陽春は教養深かったが、表には出さなかった。

——野の鹿たちも旅人との別れを惜しんで、声を出し合って鳴いている——と、詠った。

実は背景がある。中国の『詩経』で「鹿鳴《ろくめい》」とは賓客をもてなす詩の篇名である（明治政府は賓客接待の館を「鹿鳴館」と、命名した）。『文選』には送別の情を「鹿鳴」で表現している詩がある。陽春は、大宰府に残って仕事をする自分の寂しさを、「鹿鳴」で淡々と詠い上げた。『文選』は官人たちの愛読書でもあったから、全員が感嘆した。物静かな陽春らしい惜別の歌であった。

無名の官人たちが、次々と詠った。

旅人は心で泣いていた。

（何といい奴らだ。余も別れが辛い……）

(三) 別離の歌

京師《みやこ》へ旅立つ直前の十二月六日。旅人から憶良へ連絡があった。

――二人だけで別れの酒宴《さかもり》をしよう――

瘡《そう》が癒《い》えたとはいえ、まだ半年。病み上がりの旅人ではあったが、酒好きは酒を断ちがたい。憶良もまた嫌いではない。いそいそと坂本の館《やかた》へ出向いた。

(この館には三年間、よく通ったな)

憶良が感慨に耽《ふけ》りつつ、勝手知った控えの間で、火鉢に掌を暖めていると、旅人が現れた。

「座敷の方は荷物を広げているので、離れの書殿に宴席を用意した。妹が一足先に侍女たちを連れて帰っているので、この通り殺風景だ。家というのは刀自《とじ》がいなくなると、何となく薄汚くなり、寂しくなるものだな」

と、苦笑いした。

「左様でございますかな。それがしは長年独り身なれば、男所帯に慣れておりますが……」

「地元の下女や、膳部の賄もいるから、食事は相変わらず旨いものを食ってはいるがのう。今宵は虎《とら》河豚《ふぐ》の刺身と鍋を用意させた」

「結構でございます」

「僅か三年であったが、太宰府ではいろいろなことがあって、あっという間だったのう」

旅人は憶良の酒杯に酒を注ぎながら、述懐した。

「この地を離れると、この薩摩の酒も京師ではそうそう手に入らぬ。ゆっくり飲もう」

二人は酒杯を上げ、乾杯した。

「庶弟《おとうと》宿奈麻呂《すくなまろ》と妻郎女《いらつめ》の死、長屋親王のご自害、光明皇后の立后、それがしの瘡《そう》、まさに凶事累集であったな。しかし、一方では、京師《みやこ》ではできぬ梅花の宴、七夕の宴など、よう飲み、歌を随分作ったものよ。風雅の道をこれほど楽しんだ時はない。筑紫は佳き地よ」

「まっこと、中央宮廷歌壇の和歌とは、一味も二味も異なる人生歌、社会歌を、骨太に詠みましたな。帥殿が率先して大いに作歌されましたので、官民問わず和歌が普及し、いい歌詠みが西国一円に増えました。嬉しゅうございます」

「先日、若手の下僚や国司たちが、蘆城《あしき》の駅舎《はゆまや》で餞《はなむけ》の宴《うたげ》を催してくれた。麻田陽春《やす》や門部石足《いそたり》、四綱《よつな》などのほか、名は覚えていないが多くの者が宴餞歌を詠んでくれた。想い出に残るのう」

「すべて大らかな帥殿のお人柄を尊敬しての成果でございましょう」

「憶良殿とこうして肝胆相照らす仲になったのは、天の配剤であった。家持、書持には東宮並、否、それ以上の講義をしてもらった。京師ではとてもできなかったことだ」

(長屋親王をお守りすることはできなかった……だが、大宰府左遷では、もしかすると、憶良との邂《かい》逅《こう》で、それ以上の大仕事が……)

旅人は薄作りの河豚の身を口に運んだ。

間をおいて断言した。

「天の時、地の利、人の和――。憶良殿、『万葉歌林』は、必ず上梓《じょうし》できると確信している。いや、必ず世に出さねばならぬ」

「それがしも、生涯の作品では、この筑紫で作った歌が大部分でございます。帥殿とこの地で思いがけず再会できましたことは奇跡でございます。実は……筑前守に任命されました時には——この老齢ゆえ、作歌活動も、『類聚歌林《るいじゅうかりん》』の改訂も、もはや無理か——と、内心、半ば諦めておりました。しかし、帥殿との邂逅により、それがしの燃え尽きそうな歌心の灯心に、油が注がれました。『類聚歌林』を増補改訂し、『万葉歌林』として後世に残す意欲が、沸々《ふつふつ》として湧き出てきました。歌稿を充実することができました」

憶良は酒杯を置き、旅人に深々と頭を下げた。憶良は続けた。

「長屋親王様のご薨去で、この膨大《ぼうだい》な草稿の上梓は無理かと憂慮しましたが、最もありがたいのは、大伴総本家で費用を支援していただけるとのお約束を頂戴し、私選歌集として世に出せることでございます」

「官選では、費用負担はなくなっても、政治的な配慮で、加除訂正を強制され、つまらぬ歌集になることは目に見えておるわ」

「その通りでございます。玉石混淆《ぎょくせきこんこう》の歌集であろうと、私選を貫くことに意義がございます。それがしは筑紫で、吾が人生の夢の実現に向かって、一歩も二歩も踏み出せました。さらに、坂上郎女様や家持殿に、後事を託す途も開けました。まっこと、人の縁の不思議さを感じまする。天なる神々に感謝しておりまする」

「吾も同感じゃ」

旅人は頷き、盃を干した。

「ところで憶良殿、折角の機会だ。話はこれぐらいにして、余に少し詠んでくれないか」

「今は京師に一足先にお帰りになる帥殿が羨ましい限りでございますれば、いささか愚痴っぽい歌になりますが……それでは餞酒《うまのはなむけ》の一興に」

　天飛《あま》ぶや鳥にもがもや京《みやこ》まで送り申《まを》して飛び帰るもの

（山上憶良　万葉集　巻五・八七六）

――天を自由に飛翔《ひしょう》する鳥になりたいものだ。そうすれば京師《みやこ》まで旅人殿を送り申し上げ、筑紫に飛び帰れますものを――

　人皆《もね》のうらぶれをるに龍田《たつた》山御馬《みま》近づかば忘らしなむか

（山上憶良　万葉集　巻五・八七七）

――旅人殿が京師へ帰られるので、大宰府の官人は皆、心の拠り所を失って、打ちひしがれております。旅立ちのお馬が近づいてきますと、そういうこともお忘れになりましょうか――

「ははは。いくら京へ帰れるからとて、皆の心配りを忘れはせぬぞ。忘れるわけがないわ」

「安心致しました。では次の歌に……」

言《い》ひつつも後こそ知らめとのしくも不楽《さぶ》しけめやも君いまさずして

（山上憶良　万葉集　巻五・八七八）

——帥殿がご在任中は、いろいろとお話してきましたが、京師へ旅立ちされた後はどうなることか分かりませぬ。暫くすると、帥殿がいないので、寂しく感じることでしょう——

「そんなに寂しがるなよ。皆がいるではないか。これまで通り楽しくやってくれよ」

憶良が酒杯を呷《あお》った。

「さらに深酔いした勢いで、わが心の奥底をさらけ出しましょう」

と、憶良は詠み続けた。

天《あま》ざかる鄙(ひな)に五年住《すま》ひつつ京《みやこ》の風俗《てぶり》忘らえにけり

（山上憶良　万葉集　巻五・八八〇）

——京師を遠く離れたこの田舎に五年も住んでいて、それがしは京の風俗などすっかり忘れています——

「そうか。憶良殿は筑紫に五年か。律令の制度とはいえ、もう一年はちと長いのう」

「さりとて、宮仕えの身は文句も言えませぬ」
憶良は自嘲するように詠んだ。

かくのみや息《いき》づきをらむあらたまの来《き》經《へ》往《ゆ》く年の限知らずて
（山上憶良　万葉集　巻五・八八一）

「歌に詠みましたように、毎日空しく呼吸し生きているだけでしょう。新しい年を迎え、それが過ぎ去っていく。もう数えきれないほどです。帥殿が去られると尚更《なおさら》でございます」
そう言って憶良は酒杯を空けた。
「では最後にもう一首」

吾《あ》が主《ぬし》の御《み》たま賜ひて春さらば奈良の京《みやこ》に召上《めさ》げ給はね
（山上憶良　万葉集　巻五・八八二）

「聖武天皇の御心を賜り、春が過ぎる頃にでも、奈良の京に帰る命令でも出ると嬉しいのですが……まあなかなか左遷は解けそうにありませぬ。表面は聖武帝と解釈されるように詠《うた》いましたが、わが本心は、春に亡くなられた長屋親王の御霊にお願いしたものでございます」
「なるほど。余にはよく分かるぞ」

（旅人殿が筑紫を去られれば、もう歌の宴はない。筑紫歌壇ともて囃《はや》されたが、もう終わりだな）

憶良は虚しさを埋めるように、酒を貪《むさぼ》り飲んだ。少し呂律《ろれつ》が回らなくなった。

「帥殿、今宵の歌は餞《はなむけ》どころか、どれも愚痴っぽく、駄作ばかりで申し訳ございませぬ」

「ははは、本心を詠むのが憶良流の歌ぞ、面白い。ありがたいぞ」

酔いながらも山辺衆率いる首領の理性は醒めていた。

（いずれこの歌も、小野老《おゆ》を通して聖武帝や武智麻呂に届こう。まあああと一年か二年の辛抱か……）

と割り切っていた。

第二帖　水城《みずき》別れ

凡《おほ》ならばかもかもせむを恐《かしこ》みと振り痛《た》き袖を忍《しの》びてあるかも
（遊行女婦《うかれめ》児島《こじま》　万葉集　巻六・九六五）

（一）郎女、乗れ

旅人が太宰府を離れる日が来た。師走というのに小春日和《こはるびより》に恵まれていた。

旅人一家との別れを惜しんで、造観世音寺別当の沙彌満誓《しゃみまんせい》や、大貳紀男人《だいにきのおびと》ら大宰府政庁の官人、筑前守山上憶良を頭とする国府の国司たちのほか、町人や近郊の村民たち数百人が、水城の堤に早くから集まり、旅人らを待っていた。

太宰府名物「水城別れ」の行事である。

しかし、空前の群衆であった。

人々はあちこちで語り合っていた。

「旅人殿はこれまでの大宰帥とは異なっていたのう。帥は西海道を治める長官ゆえ、三位以上の身分の高い貴人が任命されていたが、朝廷の兼務が多く、実際に赴任されてきたお方は殆《ほとん》どなかったのう。それだけでも親近感があった」

「旅人殿ほど吾々下級官人と歌の宴や酒の宴を催された方はいない」

「お詠みになられた歌は京師《みやこ》風ではなく、ありのままの人生歌で、分かり易かった」

「それよりなにより、律令の規定など無視されたのか、単身赴任でなく、郎女様やお子たちを同伴された。太宰府や那大津でも、女子供は帥殿のご家族に親密に接したのう」

「それにつけても、郎女様のご逝去は悲しい」

愛妻を失い、率直に悲嘆にくれた人間旅人の姿に、官人も庶民も、自分を重ねていた。

「すぐに坂上郎女様が可愛いお嬢様たちをお連れしたので、吾らも安心した。先月お立ちになられたそうじゃ」

「はきはきしたお方で、まるで那大津の女のようじゃった」

官人も町人もよく観察していた。

「帥殿は武将としては、先に大隅隼人の乱を見事に鎮圧された。あの時は甲冑姿で凛々《りり》しかったのう」

「文人としては、学識豊かな山上憶良殿とともに、筑紫歌壇を創られ、中央宮廷歌壇に対抗されていた」

「対抗ではないぞ。京師を圧倒していた。あの梅花の宴など、空前絶後だろう」

筑紫人は、旅人の存在感を身近な実体験で語り合い、誇り合っていた。官人にも民衆にも畏敬されていた出色の大宰帥であった。


群衆の雑談がぴたっと止《や》んだ。

愛馬に乗った家持と書持を従えて、水城の東門に来た旅人は、馬を停めた。

背後を振り返り、太宰府の家並みをじっと眺めた。

――まだ若い家持や書持は、武人大伴の血統ゆえに、将来官途に就いて、再びこの地に来ることもあろう。しかし余にとっては、これが見納めであろう。亡き郎女の御霊を連れて帰ろう――

旅人は大野山の山城に目を移した。郎女はこの城山に埋葬されていた。

旅人は心の中で、憶良が慰めてくれた挽歌を口誦さんだ。


大野山霧立ちわたるわが嘆くおきその風に霧立ちわたる

（山上憶良　万葉集　巻五・七九九）


――郎女、わが背に乗るがよい。佐保に帰るぞ――

旅人は、背に一陣の山風を感じた。

――よし、しっかりとつかまっておれ――

――さてさて、在任中この山城に籠《こも》って、大唐や新羅《しらぎ》の軍と戦わずに済んだことを、吉と考えるか。

どれどれ、見送りの者たちへ挨拶をしよう――

ゆっくりと正面を向いた。

旅人は堤の上に集まった官人や大衆に、声を張り上げて、別れの言葉を述べた。

（二）水城別れ

見送りの群衆の中に、ひときわ目立つ華《はな》のある女性がいた。年の頃は三十歳前後であろうか。目鼻立ちのはっきりした麗人であった。

おのずから醸《かも》し出す雰囲気は、地味な官人の細君ではなく、また商人たちの女房でもないことは、誰の目にも明らかである。

色街の娘子。広い太宰府や那大津といっても、付き合う世間は狭い。筑紫では名の売れた遊行女婦《うかれめ》の児島であった。

遊行女婦は、貴人や官人や商人たちの酒席に侍り、酒の酌をするだけではない。舞踊を披露し、楽器を奏でる技術を持ち、時には客と文芸を論じ、求めに応じて即興の和歌を応答するほどの才や教養を持つ者もいる。家庭では味わえぬ悦楽の雰囲気を作り、世俗のひと時を忘れさせる接遇をする。

気心が合えば、男と女の関係になる。春を売る娼婦の女婦もいれば、芸妓に徹する気位の高さを持つ女人もいる。

太宰府の官人や国司たちで中央から派遣されている者は単身赴任である。それゆえ各地で遊行女婦との付き合いは公然と行われていた。

愛妻郎女を失って、しばらく落胆していた旅人が、やがて立ち直った陰には、二人の女性の存在があった。

一人は異母妹の大伴坂上郎女である。兄旅人を支えるため遥々九州へ下り、亡くなった義姉《あね》、郎女《いらつめ》に代わり、叔母として家持、書持の面倒を看《み》てきた。

もう一人が遊行女婦の児島であった。憶良と沙彌満誓が選び、楓に頼んだ女人である。


旅人は児島をしばしば酒席に呼んだ。美人であっただけではない。素晴らしい和歌の才を持っていたからである。

本人は身の上を決して人に語らなかった。しかし、話の訛りや、態度物腰、人柄は隠せない。自然に素性を語る。

――京師で身分の高い血筋の者でありながら、父祖が何かの抗争に巻き込まれ、色街に身を落とさざるをえなかったのであろう――

温かい人間味と、内に秘めた情熱が、旅人を虜《とりこ》にした。熟れた果実が自然に落ちるように、二人は一夜を共にする仲になった。心の通い合う深い朋であった。

政庁の官人や街の者にも周知の事実であった。筑紫は大らかな風土であった。

坂上郎女もまた、兄旅人の時々の外泊を当然として、咎めることはなかった。教養があり、礼節を弁《わきま》えている児島に、兄の最適の遊び相手として、好感すら持っていた。

その「筑紫娘子《つくしのおとめ》」児島との別れの時が来た。

旅人は大伴氏族の本家に生まれ育ち、武人としては征隼人持節《じせつ》大将軍として武人の頂点に立った。官人としては、正三位、大宰帥。中納言から大納言に昇進したばかりである。

西国では「遠の朝廷」大宰府の長官である。群衆の目をいちいち気にするような日常生活ではなかった。

平常と変わらぬ態度で、馬を降り、つかつかと児島の前に歩み寄った。

人々は凝視《ぎょうし》していた。

児島は流れ落ちる滂沱《ぼうだ》の涙を拭おうともせず、旅人に和歌をしたためた半紙、二枚を差し出した。

旅人が二枚に目を通した。頭を上げ、児島の目を見た。

児島が姿勢を正した。

堤は静寂のままであった。

師走の水城に透き通る美声が流れた。

凡《おほ》ならばかもかもせむを恐《かしこ》みと振り痛《た》き袖を忍《しの》びてあるかも

――凡人の私でございますので、お別れに右往左往と取り乱すことを恐れて、袖を振りたいのも我慢しております――

群衆から「おうっ」と、同情のどよめきが起こった。

児島は軽く一礼して、静まりを待ち、次の歌を詠唱した。

大和道《ぢ》は雲隠《がく》りたりしかれどもわが振る袖を無禮《なめ》しと思《も》ふな
（遊行女婦児島　万葉集　巻六・九六六）

――人前でもあり、お別れに振りたい袖を堪え忍びました。大和道は雲の向こうに隠れて見えませぬ。貴方様が見えなくなっても、やはり私は袖を振り続けることでしょう。無礼な奴と思わないでください。お慕い申し上げる女ごころなのです――


盛大な拍手が沸いた。見送りの女たちの中には、嗚咽《おえつ》している者もいた。

――さすがは「筑紫娘子」と評判の児島よ。見事な惜別の歌を詠んだ――

と、筑紫歌壇の面々は感嘆した。

最も感動したのは旅人本人である。

――児島がこれほどまでに別離を惜しんでいるのか。情けに心を打たれた。餞《はなむけ》の歌には歌で和《こた》えねばなるまい――

旅人が一歩前へ出て、児島に更に近寄った。

暫く頭を垂れ、礼を示した。

ニコッと笑った。児島の涙は止まっていた。

旅人は群衆をゆっくりと見渡して、告げた。

「では、和えの歌を詠むぞ」

水城の堤が再び静かになった。

大和道《ぢ》の吉備《きび》の児島を過ぎて行かば筑紫《つくし》の児島おもほえむかも
(大伴旅人　万葉集　巻六・九六七)

群衆は大拍手と足踏みで絶賛した。

――筑紫娘子の詠んだ歌に和えて、大和道と児島を詠みこみ、筑紫の児島を懐かしく思い出すだろうと、空間と時間と人を巧みに入れて、瞬時に、大胆に愛情を表現されるとは、帥殿はやはり唯人ではない――

歌人ならずとも、歌の良し悪しは分かる。

旅人が右手を挙げて、人々を制した。

旅人が、さらに大きな声で絶唱した。

ますらをと思へる吾や水茎《みづくき》の水城《みづき》の上に涙《なみだ》のごはむ

（大伴旅人　万葉集　巻六・九六八）

下の句「水城の上に涙のごはむ」を二回詠んだ。

唱いながら、旅人は涙を流していた。

「おうっ」

という大喚声と、大拍手、足踏みが、まるで怒涛の如く湧いた。

——武人中の最高の武人が、筑紫の一遊行女婦との別れを惜しみ、この水城で泣いている。これほど切ない愛の表現があろうか。人前で堂々と涙を流されている——

——これほど感動的な水城別れは、初めてだ——

——吾ら筑紫歌壇の相聞歌の最高傑作だ！——

旅人の二首と拍手が次第に静まると、再び児島が美しい声音で一首詠んだ。

家思《も》ふとこころ進むな風守《かぜまも》り好《よ》くしていませ荒しその路《みち》

（遊行女婦児島　万葉集　巻三・三八一）

——故郷の家が恋しいと、あまり心を急がせなさいますな。風向きが好くなって、船出なさってください。大和への海路は荒れるでしょうから――

旅人が大きく頷いた。二人だけに通ずる目線を交わした。

濃い紫の衣をつけた正三位の旅人。鮮やかな緋《ひ》の衣を纏《まと》い、髪を整え、美しく化粧をしている筑紫一の才媛、娘子の児島。日本で唯一の水城の景観。空は晴れ、師走というのに、珍しい小春日和。群衆は、宮廷で貴人と貴婦人の演ずる歌垣を、目《ま》の当たりに観ているような錯覚に陥っていた。

この二人の「水城別れ」の相聞歌は、たちまち太宰府や那大津の人々に流布し、長く愛唱され、後世に語り継がれた。

頃合いを見計らって、筑前守の官服を着て、冠を頭にした憶良が、威儀を正して、締めの挨拶をした。

「帥殿、家持殿、書持殿。三年間の太宰府の生活、ご苦労様でした。いずれそれがしも京師へ帰るでしょうから、奈良で再会しましょう。那大津には紀大弐殿、小野少弐殿など政庁の方々がお伴なさいましょう。国守のそれがしは、恒例により、この水城で町の衆とともに旅路のご無事をお祈りして、お別れの挨拶と致しましょう」

「筑前守には、吾ら父子ともども、公私両面で世話になった。感謝の言葉もないくらいだ。さらばじゃ」

「憶良先生、佐保でお待ちしています」

三人は再び馬に乗り、馬首を北の那大津へ向けた。

この時、憶良は、

(帥殿の背の翳《かげ》が薄い……もしや永遠《とわ》の別れになるやもしれぬ――)

との不吉な思いが脳裏を過《よぎ》った。候《うかみ》の首領《かしら》としての動物的な勘であった。

（そんな不吉なことはない。あってはならぬ――）

と、無理に打ち消しながら、一行の姿が消え去っても、堤に立ち続けていた。


堤に溢れていた群衆も、三々五々帰り、憶良のほか二人の女性だけが残っていた。

呆然と突っ立っている児島と、肩を抱く楓であった。

憶良は二人の許へ歩み寄った。

「楓、児島を一人で帰すわけにはいかぬ。今夜は三人で飲み明かそう。語り明かそう。次田《すいた》の湯宿を手配するように。仕事が済み次第行く」

「そうおっしゃるだろうと、すでに準備してあります」

――さすがは……――

と、ほめようと思ったが、児島の手前言葉を抑えた。

「そのあとも暫く那大津のそなたの家で面倒を看てくれ」

「そのつもりでおりますゆえ、ご安心くだされ」

阿吽《あうん》の呼吸の二人であった。

第三帖　帰《き》帆《はん》

> 隼《はや》人の湍《せ》門《と》の磐《いはほ》も年魚《あゆ》走《はし》る芳野の瀧になほ及《し》かずけり
> （大伴旅人　万葉集　巻六・九六〇）

（一）授刀

――大宰帥として三年間、西海道に君臨されていた大伴旅人卿が、大納言に昇進され、帰京されるとの情報は、九州の津々浦々にまで伝わっていた。

在京兼官の帥が多かった中で、久々の大貴族の大宰府勤務であっただけに、人々は栄進を祝福しながら、別離を惜しんでいた。

那大津《なのおおつ》（博多）の港には、町の商人《あきんど》、近郊の農民、女子供、鴻臚館《こうろかん》（筑紫館《つくしのむろつみ》）の官人や使用人たちが、見送りに群がっていた。

　大宰府政庁からは、直属の部下である大貳紀男人《きのおびと》、少貳小野老《おゆ》、少貳粟田比登《ひと》や上級の官人たち、それに造観世音寺別当の沙彌満誓もここまで来ていた。

「旅人殿が筑紫を去られると、歌の宴もお終いでございますな。寂しい限りじゃ」

　と、老僧が一同の感慨を代弁した。

「それがし、京師《みやこ》では宮廷や長屋親王の王邸での歌宴には参席していたが、主人として梅花の宴や七夕の宴を催したことはなかった。この地では催主として得難い経験と想い出を積んだ。多くの和歌の友を得た。とりわけ満誓殿には、わが妻、郎女《いらつめ》逝去の折には大いに慰めていただいた。――無常の空――を教えていただいた。厚くお礼申し上げたい。観世音寺が一日でも早く建立《こんりゅう》されるよう祈っておりますぞ」

　と、返した。

「ではお達者で……」

　満誓は合掌した。

　港にはひときわ大きい甚の船が舫《もや》っていた。

「大納言殿、そろそろご乗船を……」

　と、船長《ふなおさ》の甚が旅人を促した。

「甚、帰りもよろしく頼む」

「かしこまりました。お任せくだされ。それにしても若たちは見違えるように逞《たくま》しく、大きくなられましたな。お楽しみでございましょう」

「甚、帰りにもいろいろ教えてくれ」

と、家持、書持兄弟が嬉しそうに笑いながら乗船した。

二少年に続いて助と三人の若者が乗った。

旅人と憶良の話し合いで、山辺衆幹部の助と、権の息子・剛、それに二人の手下の四名が、家持、書持護衛の下人として、召し抱えられていた。

――藤原一族の候《うかみ》に対し、大伴一族のこれまでの軍候《いくさうかみ》では不十分だ。もう少し早く気づけば、庶弟《おとうと》宿奈麻呂《すくなまろ》を失わずに済んだかもしれぬ。今や大伴氏族は、伴造《とものみやつこ》として天皇に直属する武人集団ではない。宮中情報の収集組織も創らねばならぬ――

長屋王を失い、宿奈麻呂を亡くした旅人は、憶良の率いる山辺衆を重用する決断をしていた。


船上で甚と助が、さりげなく片目をつぶって挨拶を交わした。

甚が一人の若い水夫を手招きした。

「大納言殿、家持殿、書持殿、倅《せがれ》の健でございます。いつぞやお屋敷にごんどう鯨をお届けさせましたので、ご挨拶は済んでおりますが、船乗りとして改めてよろしくお願えします」

「健、鯨の肉は旨かったぞ。甚よ、すでに承知であろうが、憶良に頼んで、助のほか権の息子・剛ら四人を家持、書持に付けることにした。これからは若き者の時代よ。健も剛とともに家持、書持を支えてくれ。この船出に当たり、剛と健に心ばかりの品を与えよう」

旅人は供の者に用意の品を持たせていた。

「剛、そちには、脇差を与える」

脇差は太刀と違って短く、候が万一戦うとき、護身に帯びる鍔《つば》付きの小刀である。

剛は静かに受け取った。表は下男であるが、裏は山辺衆として家臣の待遇となった。

(さすがは候だ。いささかも感情を出さぬは)

「船乗りの健には使い勝手の良い短刀がよかろう」

と、旅人は腰の短刀を外すと、健に手渡した。短刀には鍔はなく、刀身は一尺(三十センチ)弱である。水夫は平常帯びないが、船長《ふなおさ》と水夫長《かこおさ》だけは帯び、権威を示す。

「ありがたき幸せでござえます。家持殿、書持殿を、わが命に懸けて、しかとお護り致しやす」

正三位大納言から、直接物品を頂くことなど夢想だにしていなかった。

——旅人殿は武人の頂点に立つ武将。大伴氏族の氏上であられる。高えご身分のお方が帯びておられた小刀を賜った。刀は武人の魂だ。それを吾に……——

健は興奮を抑えきれなかった。

「大納言殿、今は亡き長屋親王様のご祖母、尼子娘様は、吾らが主、宗像家《むなかたけ》のご出身でござえます。それゆえ吾ら宗像海人部がどう動くべきか、親父より詳細教わり、十分心得ておりまする」

「うむ。その言葉頼もしいことよ」

旅人は健に言葉を返し、横に立つ甚の顔を見た。

「甚、良き後継ぎじゃのう」

船長の甚は、息子の健が旅人の愛刀を拝領し、褒められて、涙ぐんでいた。

権の息子剛、甚の息子健、二人の若者への授刀は、水城の別れの際に、憶良が旅人に、それとなく助言したものであった。

――憶良は宗像海人部をわが大伴、いや家持に結び付けてくれた。さすがは候の首領の知恵だ。確かに主従ともども世代は交代期だ――

旅人は憶良に深く感謝していた。

船は舫《もや》いを解いて、水夫たちが漕ぎだした。

那大津の岸辺では、いつまでも群衆が手を振り、声をはり上げていた。


「助よ、今宵船泊りした後、久しぶりに品部《しなべ》の老若の飲み会をしよう。若たちの警備にはわしの部下を付けておこう」

と、甚が助に声を誘った。

「よかろう。吾もそう考えていたわ。剛と健がともに飲むのは初めてだろう」

二人は哄笑《こうしょう》した。遣唐使節船の水夫以来、刎頸《ふんけい》の友になって三十年の仲間である。

甚が口にした「品部」。朝廷に海産物を納める海人部と、山の獲物や果物や産物を納める山部の総称である。

宗像海人部は、壬申の乱で活躍した高市皇子（天武帝の長子。長屋王の父）の庇護の下、朝廷の御用達であった。

一方の山部、山辺郷は奥深い平凡な山村である。遣唐使節団の執節使（大使の上の特使）として、唐の則天武后に日本の国名を認知させた高官、粟田真人の領地であった。真人の手配で、朝廷の膳部へ山の幸を納めていた。

海人部と山部は、平城京の内裏の倉庫や、賄方の片隅で、顔を合わせることがある。いつしか親密な関係にあることを知っている者は少なかった。


後日談であるが、壮年の甚と助、旅人から授刀を受けた若者の健と剛、海人部と山部の四名が痛飲したこの時から、五十五年後の延暦四年（七八五）、天下を震撼《しんかん》させた大事件が起きる。大伴家の官位は剥奪され、財産は没収された。憶良と家持が心血をこめた草稿も、内裏の倉庫へ格納された。

大伴家が名誉を回復し、「万葉歌林」が「万葉集」として上梓されるのは、さらに二十年後の大同元年（八〇六）である。この間、誰が草稿を守り抜き、上梓させたのか？

――史実は小説よりも奇なり――山辺衆首領の憶良、権、助、宗像海人部の甚たちの子孫三代にわたる意地と執念を「結」として、「いや重け吉事」に稿をあらためる。

（二）激流

船は、玄界灘を吹いてくる冷たい西風と、満ち潮になって、一気に大瀬戸に入った。

大瀬戸は現在の関門海峡、壇ノ浦である。狭い水道を、古代人は「瀬戸」といった。

その中で最も狭い場所が、瀬戸内海への出口である「早鞆《はやとも》の瀬戸」である。狭いだけではない。水路が「く」の字形に折れ曲がっている。ここに玄界灘の海水が、上げ潮の激流となって押し入る。逆に、干潮となれば、瀬戸内海の海水が吐き出される。

潮に逆らっては進めない難所である。

三年前、家持、書持が那大津へ向かう時に、興奮した海峡であった。

「父上は、昔、隼人《はやと》の乱を鎮圧された折に「隼人《はやひと》の瀬戸」を眺められ、望郷の念を詠まれましたね」

「おう、覚えているか」

「書持が詠唱します」

隼《はや》人の湍《せ》門《と》の磐《いはほ》も年魚《あゆ》走《はし》る芳野の瀧になほ及《し》かずけり

――名高い「隼人の瀬戸」の大岩も、鮎が走るように泳ぐ吉野の美しい急流にはやはり及ばない

「隼人の薩摩の瀬戸」は、現在は「黒之瀬戸」と、呼ばれている。鹿児島県の阿久根市と対岸の長島の間の狭い海峡である。急流で有名である。

「この『早鞆の瀬戸』も、『隼人の薩摩の瀬戸』も、甲乙つけがたい激流だ。この渦巻く流れを見ると、

吉野の急流を思い出すのう」

規模からみれば、二つの瀬戸と吉野の急流は比すべくもないが、旅人の目には、規模よりも美観であったのだろう。

「一日も早く帰京しとうございます」

「うむ。もう少しの辛抱だ、書持」

「はい」

「そうだ。余と同様に、『隼人の瀬戸』を詠んだ歌を一首教えよう。天武帝のお孫になる長田王の歌だ。長田王は長皇子の王子だ。王が若かりし頃、九州へ出張を命ぜられ、はるばる薩摩まで足を運ばれた折の感慨だ」

旅人がゆっくりと詠唱した。

隼人《はやひと》の薩摩《さつま》の迫門《せと》を雲居なす遠くも吾は今日見つるかも
（長田王　万葉集　巻三・二四八）

――京師から遠いこの地まで来て、隼人の住む薩摩の瀬戸を、空の彼方の雲を見るように、今日初めて見たことだ――

「余の歌と共通する心情だ」

（京師へ帰っても、どのような仕事が待っているのだろうか。大納言としては先任の武智麻呂がいる。大宰帥として赴任する前は、吾が武智麻呂より上席の中納言であった。だが、長屋王の変ですべてが変わった。奴が功労褒賞で先に大納言に昇叙した。忌々しい。気分を鎮めるために、懐かしい吉野へ行ってみたいが、さて、叶うものか）

大納言に昇進しても、旅人は醒《さ》めた気持ちであった。

（三）海豚《いるか》の恩返し

急流の『早鞆の瀬戸』を、甚の指揮と健の見事な舵さばきで抜け、広々とした周防灘《すおうなだ》に出た。

舷側に立って船首の切る波浪を眺めていた書持が、突然、大きな声をあげた。

「兄上、剛、見て！　見て！　でっかい魚が船に並んで泳いでいる！」

家持と剛は書持の指さす海中を見た。十匹ほどの大魚が、舷側を船と同じ速度で泳いでいるではないか。大きさは大人ほどである。

舵を水夫長に任せた健が、いつの間にか近くにいた。呵々《かか》と大笑いした。

「ウワッハハハ。若たちは運がいいぞ。これは魚じゃない。海豚《いるか》という動物じゃ。回遊の魚、つまりこの潮の流れに乗っている鰯や鯵などの群れを追っているのさ」

「イルカ？」

二人にとっては初めて聞く名であった。

「頭の良い、人懐っこい海の動物よ。やつらは気分がよい時には、波の上を跳ねたり、宙返りをしたりする。人の言葉も分かるようじゃ」

「このでっかいのが波の上に跳びあがる？　本当かな？」

兄弟はすっかり興奮していた。

――そうか、船と同じ速さで泳ぐとは、この船を意識しているからだ――

兄の家持は健の説明に納得していた。

「跳べ！」

冗談半分に書持が海豚の群れに声をかけ、手を振った。

驚いたことに、一頭が跳んだ。すると、競い合うかのように、他の海豚が次々と跳んだ。何回か繰り返した。

兄弟は驚嘆し、息をのんで見惚れていた。山辺衆の剛も初めての体験であった。

豪快な跳躍であった。中には自慢げに回転する海豚もいた。明らかに三人の感動を、海豚が察知しているようであった。

そのうち海豚たちは飽きたのか、群れは速度を上げて姿を消した。

「海豚は賢いぞ。あの群れはこの海域に棲みついているようで、わしらの船によう寄ってくる。どうも人間の言葉だけでなく、態度も分かるらしい。吾らの心の内が読まれている気さえする」

兄弟二人の背後に控えている剛には、健の説明がよく分かっていた。

「口を出してよろしゅうございますか」

「遠慮は無用ぞ」

「実は、吾らが、山の中に潜んで鹿や猪を待つときには、――獲ろう――という想念を消します。心を無に致します。存在を消します。想念は、気となり、相手に伝わるからです。相手が人であっても、鹿猪であっても、魚であっても、皆動物でございますから、同じことだろうと思いました。海豚が気を感じ取っても不思議ではないと、実感しました」

――気を殺すは山辺衆候の極意の一つ――

とまでは明らかにしなかった。

家持兄弟は深く頷いた。

健が話を続けた。

「海豚には不思議な昔話が伝わってござりやす」

健の話し方は父親の甚に似ていた。

「ぜひ聞きたいな」

と二人が催促した。

「ある島の漁村に、老母と二人で暮らす親孝行の若者がおりやした。ある日、漁に出ていると、突然黒雲が湧くように空を覆い、嵐になりやした。若たちは知るまいが、海では予期せぬような気象の激変がありまする」

二人は頷いた。

「荒れ狂う波浪に揉まれながら、若者は、老母のことが心配じゃった。——溺れてはならぬ——と、必死で櫂をとり、転覆しまいともがいておりやした。——もう駄目だ！　神様、母を助けてください——と、祈りながら失神し、海中深く沈んでしもうた」

家持、書持、それに剛も、健の昔話に引き込まれていた。潮焼けしている健の顔を見つめ、心配げに話の展開を待った。

「若者は目を覚ましやした。体が軽うて、呼吸をしておりやした」

兄弟の顔に安堵の表情が溢れていた。

「若者は波の上を、腹這ったままの姿勢で滑っておりやした。驚いたことに、大きな海豚の背に乗っていたのじゃよ」

「えっ、海豚の背に？」

異口同音を発し、首を傾げた。

「そうじゃ。信じられぬか、若……無理もなかろう。海豚の背に人が乗るなんぞ、あり得ぬことじゃからのう。しかし、若者の周りには、海豚の群れが泳いでいたのじゃ。海豚たちは交代して若者を背に乗せ、郷里の浜に届けたのさ。海豚たちは、若者を波打ち際に置くと、一斉に跳躍し、そのまま沖へ去っていった。若者は浜に立ち続け、海豚たちに何度も頭を下げたという。村人たちは呆気にとられておったそうじゃ」

少年二人はホッと息を吐いた。

健の話は続いた。

「若者はハッと気が付いた。『そうじゃったのか！』と、叫んだ」

二人は健の口元から出る次の言葉を待った。

「若者がまだ幼ねえ頃、母と海辺を散歩しておった。その時、傷を負って、浜辺に打ち寄せられていた海豚の子を見つけたんじゃ。心根の優しい母は、その子海豚、子海豚というても、大人ほどでっけえやつを、抱きかかえて、汗をかきかき、人目につきにくい、波の静かな潮溜まりに移して、薬草で手当て介護したのよ。自由に泳げるようになるまで、二カ月の間、母子は貧しい暮らしの中から、小魚を求めて海豚に与え続けたんじゃ。――あの時の子海豚か、あるいは子孫か？　――分らぬが、村人たちは、『海豚の恩返し』と、語り継いでおるんじゃよ」

少年二人は納得した顔つきになり、大きく首肯《しゆこう》した。


いつの間にか、少し離れた場所に、旅人と助がいた。旅人は、目を閉じて健の話に聞き惚れていた。話が終わってもそのまま立ち尽くしていた。

――自分がこの世を去ったのち、家持、書持は様々な事態に遭うであろう。その時、この海豚のように、吾が子らに助けの手を差し伸べてくれる者がいるであろうか？　長屋親王亡き今、大伴の後ろ盾になってくれそうな皇親は……少ない。陰の世界では憶良の山辺衆が支えてくれるが、表舞台では……。辛いことだ――

旅人は皇親や貴人、豪族たちの何人かを脳裡に浮かべていた。

――房前殿は、……藤原一族の中でただ一人、皇親長屋王との皇親協調政治を主張し、実行されてきたお方だ。……しかし今は、内臣ではなく、参議ではあるが、朝政の中枢からは外されている。長屋親王がご自害を強いられた直後だけに、帰京しても、公然と会うわけにはいかぬ――

腕組みをして思案を続けた。

――この度の大納言昇叙は、光明皇后と藤原武智麻呂が、余を抑えるための媚薬《びやく》であることは明白だ――

旅人は、筑紫へ赴任前の数年間、長屋王の豪邸で、房前、憶良の四名で宴を持ち、漢詩を論じ、和歌を詠み、風雅の時を過ごした日々を、複雑な気持ちで想い起していた。

――そうだ。二年前、房前卿に和琴《わごん》を贈った。あの梧桐《あおぎり》の和琴を、房前殿は弾いているのだろうか

――

第四帖　往時茫々《ぼうぼう》　――その一　栄光の日々――

玉かづら花のみ咲きて成らざるは誰《た》が戀ならめ吾《あ》は戀ひ思《も》ふを
（巨勢郎女《こせのいらつめ》　万葉集　巻二・一〇二）

（一）父母の相聞

「父上、健の話は面白うございます。もう少し海や船のことを学びまする」

「よかろう。健よ、家持、書持を頼む」

「お任せくだされ」

――これまで大伴氏族とは、親父を通しての間接的な関係であった。だが、旅人様ご愛用の小刀を賜り、若たちご兄弟を頼まれた。あの瞬間、俺の覚悟は決まった。表の主人は宗像家。陰では大伴本家の家持君《ぎみ》――

健は左の腰に差した短刀に左手を添え、右手を甲板について、軽く頭を下げた。様になっていた。

旅人は満足げに会釈《えしやく》を返し、船室に向かった。

（余も、そろそろ世代交代の時期を迎えているな）

旅人は船室に戻ると、どっかりと胡坐《あぐら》をかいた。三年前、西下した折には隣にいた愛妻郎女はもういない。孤愁《こしゆう》をひしひしと感じていた。

瞼《まぶた》を閉じた。船旅ならばこそ、独り静かに思索の時が持てる。

旅人は十五年ほど前、大納言兼大将軍であった父安麻呂が薨去した頃からの出来事を、ゆっくりと回想した。いや、懐《なつ》かしんでいた。


（父安麻呂は、壬申《じんしん》の乱の際には、叔父の馬來田《まぐた》、吹負《ふけい》、それに兄の御行《みゆき》とともに、大海人皇子〈天武帝〉側についた。その軍功で天武帝の下では大伴一族は軍事の大貴族となり、太政官にも登用された。持統女帝の頃、右大臣は石上麻呂《いそのかみのまろ》卿で、上席大納言は藤原不比等卿、父安麻呂は次席大納言。第三位の高官であった。だが、文武帝が夭逝《ようせつ》した後の元明女帝は、気にかかることがあったのだろう。不比等殿と父に、『子々孫々、天皇を供奉《ぐぶ》し、各自努《つと》むべし』との詔勅《しようちよく》を賜った）

旅人の回想は深くなり、生々しくなった。

（『政事《まつりごと》に長《た》けた藤原と、軍事を掌握している大伴という得意分野の対立構造だけではないぞ。不比等卿の父、鎌足卿は、中大兄皇子〈天智帝〉の寵臣《ちようしん》であった上、不比等卿自身が中大兄皇子のご落胤であることは周知の事実だった。それゆえ、天智系対天武系の争いを再発してはならぬ……との女帝

ていたのだ。それからしばらく前までの深い惧れ……

の深い惧《おそ》れが、詔勅になったのだ』と、父から聞いた。壬申《じんしん》の乱の余燼《よじん》は、その頃も、今もなお燻《くすぶ》っているわ)
旅人は、長屋王の変を生々しく想い出したが、無理に消した。
(わが母、巨勢郎女《こせのいらつめ》は、当時、天智帝の寵を受けていた巨勢家の出身のために、乱の収束後、辛い立場にあったと聞いた。だが父と母は愛し合っていたな。二人は、惚気《のろけ》るように、幼き吾の前で、若き日の相聞歌を詠唱していたな。今は懐かしいな……)
旅人は、父安麻呂が母を妻問《つまど》いした時の歌を口遊《くちずさ》んだ。

玉かづら實《み》ならぬ樹にはちはやぶる神ぞ著《つ》くとふならぬ樹ごとに
(大伴安麻呂　万葉集　巻二・一〇一)

——實のならない樹には、怖ろしい神が取り付いてくると言いますよ。實のならない樹にはどの樹にも。……だから女の人は、男が声をかけるときには、受け入れた方がいいですよ。そうしないと男を得させぬぞ——
旅人は、亡父の勝手な理屈に微苦笑していた。
(この歌に母がやり返した)

玉かづら花のみ咲きて成らざるは誰《た》が戀ならめ吾《あ》は戀ひ思《も》ふを

――口先だけで實のないのは貴男の方でございましょう。私は恋い慕っておりますのに――

（母の方が一枚も二枚も上だったな）

（二）長屋王との盟約

旅人の懐古は続いた。

（父安麻呂が身罷《みまか》ったのは、忘れもしない和銅七年〈七一四〉五月だった。翌月、首《おびと》皇子が十四歳で元服、立太子された。皇親の長屋親王は――まだ早すぎる――と主張されたが、祖母になる元明女帝や藤原不比等の一族は急がれたようだ。翌和銅八年〈七一五〉、吾は左将軍から中務卿《なかつかさきょう》に任命された。これには内心驚いたな）

中務卿は中務省の長官である。天皇の側近として、詔勅の文案を審議し、上申書などの受納と天皇への奏進、国史の監修、女官の叙位、戸籍、租税台帳、僧尼名籍など、文官の仕事である。

（律令の制度であれば、本来武人の吾が、文官の仕事をするのもやむをえない――と割りきった）

誰の目にも、朝廷、いや実権を握る藤原不比等が、大納言兼大将軍であった大伴安麻呂の逝去を機に、嫡男で左将軍だった旅人を文官に転任させ、大伴の武力を削《そ》ごうと画策した人事と分かっていた。

（大伴一族の者たちは憤慨したが、吾は――これもよき経験ぞ――と、職務に励んだ。すると間もなく、元明女帝は皇女の氷高《ひたか》内親王に譲位され、太上《だじょう》天皇になられた。内親王は元正《げんしょう》天皇と名乗られた。

未婚の女帝は皇統の歴史では異例であった。持統女帝——文武天皇——元明女帝——元正女帝……。天武帝の皇子はもとより、皇孫の王子も多いのに、不比等殿は、天智帝の女系で皇位を操っていた。年号は霊亀元年と改元になった）

（不比等殿の専横はひどかった。翌霊亀二年〈七一六〉後妻の縣犬養橘三千代《あがたいぬかいたちばなのみちよ》に産ませた光明子《こうみょうし》を、皇太子妃にしたのには、驚きを通り越した。中務卿の吾は、不比等殿の権勢に圧倒され、憮然《ぶぜん》と眺めていたわ……。不比等殿は、宮子を文武帝の妃に差し出し、首皇太子の外祖父になっただけでは満足せず、さらにもう一人の女《むすめ》を皇太子妃に差し出し、——次の天皇の岳父にもなろう——と、凄まじい欲望を抱いていたな。『不比等』と呼び捨てにしたい男だが、器量は巨《おお》きく、冷酷無比。吾にして回想の中でも『不比等殿』と敬称を付けるのは情けないが、正直なところ位負けした。——大伴は伴造《とものみやつこ》である。天皇には妃も、采女も差し出さぬ——との慣わしを墨守《ぼくしゅ》しているが、この方針は続けるべきだ）

旅人は白湯《さゆ》で咽喉《のど》を潤した。

旅人と同様に、藤原不比等の専横を、密かに怒っている貴人がいた。天武帝には嫡孫になる長屋王であった。旅人は亡き長屋王との出会いの場面を回想していた。

（霊亀はすぐに養老と改元されたな。養老元年〈七一七〉は年初から不祝儀が続いた。一月に中納言の巨勢麻呂《こせのまろ》卿が、三月には左大臣の石上麻呂《いそのかみのまろ》卿が薨去された。偶然ではあるが近江派と古来豪族代表のお二人であった。元正女帝は、当時式部卿《しきぶ》であった長屋親王を、左大臣邸に弔問に遣わされた。親王は正三位であったので、本来ならば参議、いや中納言でも妥当であるのに、冠婚葬祭を担当する式部卿という傍流に置かれていたな。吾はこれまた事務中心の中務卿であったから、二人とも大事な政事《まつりごと》の朝議には出ないが宮廷では顔を合わせることが多かった)

ある時、二人だけになる機会があった。

(親王は周囲を用心深く確かめ、吾に囁かれた)

長屋王『旅人、そちの大伴一族は、壬申の乱の折、わが父君高市皇子の指揮下、大いに武功を立て、以来、吾らと大伴の絆は深い。しかし父君は、天武帝ご崩御の後、特に持統皇后が大津皇子を謀殺された事件後は、持統女帝と不比等の悪巧《わるだく》みの対象にならぬように、言動に細心の注意を払うようになった。持統女帝の意に添うように、あの剛毅《ごうき》な性格の父君が、卑屈なほど己《おのれ》を抑えられていた。——大伴とも距離を置いたのは、それが父君にとっても大伴にとっても、生き残りの方策としてやむなく、最も適切だ——と、そちの父安麻呂と打ち合わせたと聞いた』

旅人『それがしも父より聞いておりまする』

長屋王『それほど用心していたのに……父君は急逝された』

(長屋親王の口調は——暗殺ではないか——と、疑っていた。今であれば、憶良殿の家持への特訓で、

――持統女帝と藤原不比等一派による毒殺――と知っているが、この時は何も知らなかったので、答えようがなかった）

長屋親王の旅人への話は、旅人の頭の中で再現され、続いた。

長屋王『余は不比等が実権を握っている間は、隠忍自重《いんにんじちょう》する。そちとも他人行儀の形式的な挨拶程度の付き合いしかしないが、いざという時には頼りにしておるぞ』

旅人『それがしも不比等殿には油断致しませぬ』

長屋王『その通りだ』

今度は旅人が人の気配のないことを確かめて、ぼそぼそと囁いた。近くに藤原の候《うかみ》が潜んでいても聞き取れなかったであろう。

旅人『親王は天武帝のご嫡孫。ご正室は皇女の吉備《きび》内親王様でございます。それがしから見ますれば、持統女帝の皇子、草壁皇太子のご崩御《ほうぎょ》、あるいは文武帝のご崩御の後は、親王のご一家が皇統を継がれても当然と思っておりましたが』

親王が唇に指を当てた様子を想い返していた。

長屋王『旅人、それは禁句ぞ。今は亡き持統女帝、いや鸕野讃良《うののさらら》皇女の父君は天智帝、いや中大兄皇子。女帝は父帝同様に冷酷であったな。犠牲になられた大津皇子が哀れだ。……不比等は同じ天智帝の血を継いでおる。更に怖い存在だ。皇嗣《こうし》の話は危険だ。以後するな』
旅人『承知しました。ところで親王は、本来ならば参議に登用されても当然でございますが、宮内卿とか式部卿といった傍流の官職でございます。それがし内心大いに憤慨しております』
長屋王『旅人、心遣いはありがたい。今は我慢よ。父君高市皇子の教訓を、毎日口に唱えておるわ』
旅人『どのようなご訓示でございましたか？』
長屋王『――沈黙は金――とな。そちも名族であるが、安麻呂が薨じた後も、いまだ参議には任命されずじまいだったな。はっはっは。そちも吾も干されているのよ。はっはっは』
(笑い声だけが大きかったな)
旅人は、当時の豪放磊落《らいらく》な長屋王の爆笑と、細心な用心深さの言動を、狭い船室の中で懐かしんだ。
(巨勢麻呂中納言と石上麻呂《いそのかみのまろ》左大臣が薨去した。朝議の高官二人が空席になった。誰が補充されるのか、大夫――五位以上の貴族――たちは右大臣藤原不比等卿の人事を、固唾《かたず》を飲んで注視していた。……半年後の十月、不比等殿の次男、房前卿が参議に登用された。一つの家、氏族から二人が、朝議に参加する参議以上の官職に任命されるのは、異例であった。身内の重用に、古くからの豪族たちから非難轟々《ごうごう》だったな)

十数年前とは思えないほど、記憶は新鮮であった。
（大夫たちが驚いたのは、藤原氏族二人の任命だけではなかった。長男の武智麻呂を差し置いて、次男の房前卿が抜擢されたことだった。……この人事を長屋親王は、こう評された）
長屋王『不比等の怖さは、情ではなく冷たい理性と打算にある。武智麻呂は秀才だが、理屈好きで器が小さい。房前は思慮深く、政事《まつりごと》に向いている。不比等は武智麻呂には兄として官位を与え、弟の房前には、実力を発揮できるように職位を与えたのだ。常人にはできぬことだ』
旅人『なるほど、よく分かりました』
この時、長屋王は正三位。武智麻呂従四位上。房前は従四位下。旅人は武智麻呂と同じく従四位上であった。
（――不比等専横――との大夫たちの不平不満の声に、元明太上天皇と元正天皇、女性二人は大いに憂慮されたようだった。半年後の養老二年〈七一八〉三月、大幅な人事異動が発令された……）
為　大納言　正三位　長屋王
大納言　正三位　阿倍宿奈麻呂《すくなまろ》
為　中納言　従三位　多治比池守《たじひのいけもり》

中納言　従四位上　巨勢祖父《こせのおおじ》
中納言　従四位上　大伴旅人

（この発令に長屋親王も吾も大いに驚いた。

呼び出された朝堂の控えの間で、長屋王と交わした話の内容を、旅人は一言一句、鮮明に記憶していた）

長屋王『旅人よ、余はこれまで参議でもない。政事の中枢でもない式部卿よ。それが突如、大納言に抜擢された。しかも、中納言から栄進した宿奈麻呂より上席だ。参議、中納言をすっ飛ばして、三階級いや四階級ぐらいの特進だ。右大臣の不比等に次ぐ、太政官序列第二位だ。――驚き桃の木、山椒の木――どころではない。何か落ち着かぬな。そちも参議を経ず、事務方の中務卿からの中納言。これまた二階級以上の特進だ』

旅人『はい。老練な公卿、多治比池守卿、天智帝の重臣、巨勢家の祖父《おおじ》卿とともに、一挙に三名の中納言昇叙でございます。正直面くらっております』

長屋王『昨年の房前の参議登用が、古くからの貴族、豪族に悪評だった。元明太上天皇と元正女帝は、藤原と近江派に対する、皇親・在来豪族の均衡に相当心配りをなされた人事だな』

長屋王が指摘したとおりである。左大臣だった故石上麻呂の石上氏族は、石上神社一帯を拠点にした神職系の名門貴族である。

中納言となった阿部宿奈麻呂は、白村江《はくそんこう》の戦いの折、征新羅《しらぎ》将軍だった比羅夫《ひらふ》の次男である。知識優れた官人であった。

巨勢氏は、天智帝（中大兄皇子）の寵臣であり、壬申の乱の際には、帝の遺児、大友皇子方についた。そのため乱が収束するや、天武帝（大海人皇子）は巨勢人《ひと》一族を配流した。しかし、中大兄皇子の血を引く持統女帝や藤原不比等の配慮で、いつしか政権の中枢に復活していた。薨去した巨勢麻呂に代わり、祖父《おおじ》（氏名）が任命された。

多治比家は天皇家を祖とする皇親派である。

（律令の規定では大納言二名、中納言三名が定員である。右大臣の不比等卿を入れると、太政官六名は、藤原派——不比等と巨勢、皇親派——長屋親王と多治比、在来豪族——阿倍と大伴。見事な均衡人事だった。あの時吾は親王にこう申し上げた……）

旅人『吾が大伴は、律令制の前、古くから帝《みかど》の伴造《とものみやつこ》でございます。それゆえ、天武帝やご長子の高市皇子、さらには親王を、陰ながら主と仰いでおります。今般図らずも朝政に参画致しますれば、必ず親王の御心《みこころ》のままに、氏族挙げてお支え申し上げます』
長屋王『その言葉嬉しく思うぞ。頼りにするぞ。余もそちもこれまでの朝議の有様を全く知らない。それにも拘らず、朝廷が吾らを大納言と中納言に任命したのは薨じた石上麻呂と巨勢麻呂の穴埋めや、房前参議登用との均衡だけではないぞ』

旅人『と申されますと…』

長屋王『不比等はこれまでは高齢ながら矍鑠《かくしやく》としていたが、最近とみに病気がちになった。今、不比等が急逝しては、政事《まつりごと》どころか、国内が大混乱することを、元明太上天皇と元正女帝は懼《おそ》れたのだ。乱よりも和を望む女人の、動物的な勘だろう。いや、英知かもしれぬな。実は、内々入手した情報では、余の大抜擢には、当初不比等は反対だったようだ』

旅人の記憶力は抜群であった。目を閉じている暗闇の中に、亡き長屋王の顔が浮かぶ。

長屋王『元明太上天皇は、こう申されたようだ。――不比等、そなたは二十年間国政を動かしてきた。房前を参議に登用しただけでも、大夫たちは騒いだ。そちも神ならぬ身。寿命がある。今のままではどうにもならぬ。冷静に観て、国政を担うに足る人物、そちに代わりうる器量の者は、長屋王しかいない。更に付言すれば、そちの女《むすめ》、長娥子《ながこ》は長屋王の側室。王子たちはそちの外孫ではないか。女婿《じよせい》の登用に不賛成とは解せぬ――と』

旅人『不比等殿が内心危惧されていたのは、……親王が実権を持たれた暁の、皇位の行方でございましょう』

長屋王『シッ、それは申すではないぞ。――出る杭は打たれる――との諺《ことわざ》もある。吾ら二人とも、朝議では右大臣に逆らわぬよう、様子を見ようぞ。引き続き、距離を置くぞ』

旅人『心得ました』

(親王とは、打てば響く仲であったな……。不比等殿は老獪《ろうかい》だった。半年後、長男の武智麻呂を、長屋親王の後任の式部卿に任命された。――親王と同様に、式部卿から太政官へ、朝政入りありうべし――と、武智麻呂の不満を抑えたと仄聞《そくぶん》した)

旅人の回想は、その翌年、養老三年(七一九)正月の出来事に移っていた。

(元明太上天皇は、孫の首皇太子《おびと》を大極殿での朝議に出席させ、帝王学を実地に体験させた。この時、首皇太子を先導したのは、式部卿に就任して間もない武智麻呂と、中納言の多治比池守卿の弟、県守《あがたもり》卿の二人だった。県守卿は、年末、遣唐使節大使の大役を果たされ、帰国されたばかりであり――時の人――であったな。わが側室、多治比郎女の父君であり、家持、書持の外祖父なので、吾は面映ゆかった。しかし、多治比池守卿、県守卿が縁続きのお蔭で、吾が朝政に慣れてきたのは事実だ。縁はありがたい。しかし、翌年、吾が身辺は急に忙しくなった)

旅人は白湯を飲み、瞑想を続けた。

(三) 征隼人持節大将軍

(激動が始まったのは、養老四年〈七二〇〉春だった。正月の定例人事で、庶弟《おとうと》の宿奈麻呂《すくなまろ》と、一族の大伴道足《みちたり》が正五位上に、重臣の大伴牛養《うしかい》が正五位下に昇格した。めでたいと祝宴が続き、屠蘇《とそ》気分も醒めやらぬ二月、大宰府から朝廷に早馬が来た。――西国大隅《おおすみ》の隼人が大反乱を起こし、国守陽候《やこの》史麻呂《ふみまろ》が殺害された――との知らせだった。早速、太政官や参議、右大弁、左大弁など高官が招集された。これまでの隼人や蝦夷《えみし》の反乱とは規模が違った。朝堂での元正女帝の声は震えていた)

元正帝『国守は天皇の名代なり。国守殺害は、わが朝廷に対する宣戦布告ぞ。断固鎮圧せねばならぬ。制圧には誰が適任ぞ』

(本来ならば答申すべき不比等殿は、軍事には疎《うと》い。参内《さんだい》はしたが病のせいもあって覇気はなかった。大納言の長屋親王が即座に答申された)

長屋王『中納言大伴旅人のほかはいませぬ。大伴中納言は、前《さきの》大将軍・大納言であった大伴安麻呂の時代に、数年間、左将軍《さしようぐん》を務め、将兵を掌握しております。名目だけ武官の役職を経験した貴族は多いが、この大反乱はとても鎮圧できますまい。下賤《げせん》の諺《ことわざ》なれど――餅は餅屋――に』

元正帝『大納言の申す通り、旅人、そちを征隼人持節大将軍に任命し節刀を授ける』

(節刀の授与は、天皇が軍政の大権を任せることを意味している。吾が父と同様に、大将軍に任命された。武人の頂点に立った瞬間であったな。並みいる高官たちの、吾輩を見る目が一変した)

旅人の胸中に、当時の興奮が甦っていた。

朝廷は旅人の意見を容れ、副将軍に笠御室《かさのおむろ》と巨勢真人《こせのまひと》を任命した。

巨勢氏は、もともと旅人の母方の一族であり、真人とは旧知であった。

笠氏もまた大伴同様に古来の軍事豪族である。太宰府で旅人と親しかった造観世音寺別当、沙彌満誓は、旧名笠麻呂。笠氏族の重鎮であった。

（直ちに軍団を率いて平城京を出発した。当時京師《みやこ》を守護する左衛士督《さえじのかみ》〈長官〉であった大伴牛養《うしかい》に——京師の動静を逐一早馬で知らせよ——と、命じた。何しろ九州のそれも最果《さいは》ての地、地勢複雑な大隅の戦場であった。厄介な反乱であったが、各個撃破と宣撫《せんぶ》工作の両面作戦で鎮圧を続けた。この話は西下の船旅で、家持、書持にしておいてよかった）

牛養から次々と情報が届けられた。

（——日本書紀完成を、舎人《とねり》親王が元正女帝に報告された——との便りがあったのは、確か五月だったな。日本で初めて国史が編纂《へんさん》されたのだ。——わが国でも文化の花が開いた——と、副将軍らと祝杯を挙げた）

（四）不比等薨去の波紋

（しかし、その三カ月後の八月、——右大臣藤原不比等卿薨去——との急報が届いて、驚いた。日本書紀編纂の総裁は舎人親王だが、実際には当初から不比等卿が編集の中心にいた。——藤原のための

書紀だ――との陰口があったほどだ。不比等殿は、日本書紀の完成を見届けて、冥土へ旅立たれたようであったな）

文人旅人ならではの、戦場での感想であった。

（牛養からの早馬を追っかけるように、朝廷から公報が届いた。――大将軍大伴旅人のみ至急帰京せよ――との詔《みことのり》にはいささか驚いたな。いや――何事ならん――と、一瞬、怪訝《けげん》に思った。隼人の乱は殆ど鎮圧済みであり、まだ小さな抵抗はあったが、戦闘は避け、主として宣撫活動の軍政に力を注いでいた最中《さなか》であった。後事は気心の知れた副将軍二人に任せて、奈良に帰る準備をしていた。……そこへ、牛養から封書が届いた）

予想もしなかった内容であった。

（――不比等卿薨去の翌日、女帝は舎人親王を知太政官事に任命された――。民臣であれば太政大臣に相当する最高位である。表面では、政事の大権を、藤原一族から天武帝系の皇親へと取り戻したように見える。しかし吾には心の片隅に引っ掛かるものがあった。……確かに舎人親王は天武帝の皇子ではあったが、持統女帝に忠実従順であった。政事には口を出されず、保身のため、文武、元明、元正の帝や、不比等殿にも阿《おもね》ていた。国史を編修する作業に専念されていた総裁が、何故、朝政の筆頭に就かれるのか？）

（不比等薨去、帰京命令、舎人親王の知太政官事の辞令――という一連の連絡を受けたときにはまだ分からなかったが、吾は先年の『長屋王の変』で、舎人親王の老獪《ろうかい》さや保身欲の凄まじさをまざまざと知った。舎人親王の顔は想い出したくもないわ……）

旅人は不快感を取り払うように首を振っていた。回想を続けた。


（この時の帰京では——さすがは大伴旅人よ、僅か半年足らずで、勇猛な隼人の大反乱を鎮圧された！——と、もて囃《はや》された。しかし、右大臣不比等卿の殯《もがり》の時でもあり、凱旋の行進も、祝宴も自粛した。……元正女帝が吾の帰京を鶴首《かくしゅ》して待たれていたのは、やはり理由《わけ》があった。……不比等殿は中大兄皇子のご落胤と知られていたから、皇親の方々はじめ吾ら貴族、豪族たちも、一目も二目も置いていた。好色、強引、冷酷、非情、権勢欲……天智帝のご性格を、濃密に継承されていたな。——血は争えぬ——とは、よく言ったものだ。そのうえ養父鎌足の老獪さや、深慮遠謀を身近に学ばれ、会得《えとく》していた。藤原は鎌足からの新貴族ながら、不比等殿は、吾ら古来の豪族には恐怖の存在だった）

旅人は朝堂で身近に接した不比等の冷たい視線を想い出し、身震いした。

（それゆえに、不比等殿の不興を買い、疎外されていた者たちの、藤原一族への怨恨《えんこん》は深い。藤原は政事を操っていたが、武力はない。元明太上天皇と元正女帝は反藤原派の反動、いや内乱の勃発《ぼっぱつ》を怖れていた）

旅人は、帰京報告のため参内したときの、上皇と女帝、母娘二人の安堵した顔が忘れられなかった。

（二カ月後の十月だったな。元正女帝に呼び出された。大納言の長屋親王とご一緒だった。

元正帝『そなたたち二人は、天皇の名代《みょうだい》として、故右大臣邸に赴《おもむ》き、——故人に正一位太政大臣の位と、文忠公の諡《おくりな》を追贈する旨、遺族に伝達せよ』
と、仰せつかった。天智帝ご落胤の右大臣であった。知太政官事の舎人親王を使者にされてもおかしくない。しかし、上皇も女帝も、官人も民衆も、右大臣が病床に臥《ふ》された後、政事や官人の筆頭に立たれていたのは、舎人親王ではなく、長屋親王だと知っていた。……大納言の長屋親王と、中納言で征隼人持節大将軍の吾を追贈使とすることで、朝廷は藤原家に最高の弔意を示された。……女帝が、長屋親王と、不肖それがしを重用されたことで、不比等卿の息子、武智麻呂《むちまろ》、房前《ふささき》、宇合《うまかい》、麻呂《まろ》の四兄弟の栄達に反感を抱いていた貴族、豪族の反動を抑える効果があったのだろう……元明太上天皇と元正女帝は、なかなか賢い女人であったわ)
(宮廷には暢《のび》やかな雰囲気が溢れた。なにしろ持統、文武、元明、元正の四代に仕えられた不比等卿だ。実に二十年間朝政を牛耳られてこられた方だ。誰も取り除けない重い石蓋《いしぶた》のような存在だったな。吾だけでなく、他の者も同じように思っていただろう。追贈の儀が終わり、殯が明けると、長屋親王の佐保楼に、しばしば招かれるようになったな)
旅人の佐保の館と近いこともあったが、不比等の薨去と、追贈使の役を共にしたことが、結びつきを深めた。
政事の中枢の長屋王、武人の頂点に立つ旅人。二人の公私にわたる親密な関係が、自《おの》ずから世情を安定させていた。

第四帖　往時茫々　――その二　風雅の朋《とも》――

　養老五年（七二一）。春正月二十三日　従五位上の左為王・従五位下の伊部《いべ》王・正五位上の紀《き》朝臣男人《おびと》・日下部《くさかべ》宿禰老《おゆ》・従五位上の山田史三方《やまだのふひとみかた》・従五位下の山上臣憶良《やまのうえのおみおくら》……らに詔し、役所から退出後は皇太子（首皇子）に侍らせることにした

　冬十月十三日　太上天皇（元明）が右大臣・従二位の長屋王と、参議従三位の藤原朝臣房前《ふささき》を召し入れて……十月二十四日　次のように詔された。「……汝（藤原）房前はまさに内臣《うちのおみ》となって、内外に渉ってよく計り考え、勅に従って施行し、天皇の仕事を助けて、永く国家を安寧にするように」

（続日本紀　巻第八　元正天皇　養老五年）

（一）元正女帝の気配り

扉の外で声がした。

旅人は現実に戻った。

「大納言殿、白湯《さゆ》のお代わりと菓子をお持ち致しやした」

と、若い水夫が新しい白湯と菓子を置いた。

「ご苦労。ちょうど咽喉《のど》が乾いていた。礼を申すぞ」

船室の内に座っていても、潮風を吸う。白湯は甘露《かんろ》であった。

旅人は合掌し、再び長屋王回顧の瞑想を続けた。当時の対話の一言一句を想い起し、偲《しの》んでいた。

長屋王『旅人、そちは難しい隼人の乱を、短期間でよくぞ鎮圧したな。感服したぞ』
旅人『恐れ入ります』
長屋王『そちの父、安麻呂は、壬申《じんしん》の乱の折、吾が父君、高市皇子を支え、大いに武功を立てた。以来、大伴と吾らの絆《きずな》は深い。そちは大将軍安麻呂の下、左将軍《さしょうぐん》であったが、実戦での指揮経験はなかった。しかし今回の見事な軍功により、武の大伴の地歩は不動になったのう。祝着至極《しゅうちゃくしごく》じゃ』
旅人『ありがたきお言葉でございます』

長屋王『そちが余の側《そば》にいるだけで、世間の目が違う。余は政事《まつりごと》に専念できる。朝議には不比等の代わりに知太政官事の舎人《とねり》親王が出席されるのが、ちと悩ましいがのう、ははは』

旅人『右大臣不比等卿が薨去された今、筆頭大納言の親王が、右大臣に昇叙されるのは時間の問題でございましょう』

(年が明け、養老五年〈七二一〉となった。この年は、年初から年末まで、実に様々な慶事、軋轢《あつれき》、不祝儀などが続発したので、忘れることはできぬ。まず正月五日に驚きの人事大異動があった……)

昇格

従二位	正三位	大納言	長屋王
従三位	正四位下	中納言	巨勢祖父《こせのおおじ》(邑治《おおじ》)
〃	〃	〃	大伴旅人《たびと》
〃	〃	式部卿	藤原武智麻呂《むちまろ》
〃	従四位上	参議	藤原房前《ふささき》

昇叙

右大臣	従二位	大納言	長屋王
大納言	従三位	中納言	多治比池守《たじひのいけもり》
中納言	〃	式部卿	藤原武智麻呂

（女帝は、長屋親王を予想通り、従二位に昇格し、右大臣に昇進させた。同時に、不比等卿の補充として、長男の武智麻呂を、従三位に昇格させるとともに、式部卿から一挙に中納言に昇叙された。これまで政事の中枢から離れていた式部卿の武智麻呂が、末席ながら中納言として朝議に参画するようになった。長屋王と同じ道筋であった。それだけではなかった。参議の房前卿も、従四位上から中納言と同格の従三位に引き上げられた。……三階級特進は異例であったわ。……誰の目にも、皇親派の長屋王、池守卿と、藤原一族の均衡を図った異常な人事と分かった。……古来の豪族は近江派だった巨勢と天武系の大伴。……元明太上天皇と元正女帝、お二方のご腐心《ふしん》の人事だったな）

（正月の人事で、もう一つ世間を驚かせた人物が出現した。二十三日、首《おびと》皇太子の東宮侍講団が任命された。その中に、従五位下、伯耆守《ほうき》だった山上憶良、いや憶良殿が含まれていた。これまで東宮侍講には、皇親や王族、名門貴族が任命される慣わしであった。この時も、左為王《さい》〈橘三千代の子で諸《もろ》兄《え》の弟〉、伊部王、紀朝臣男人《きのあそみおびと》などが侍講になったが、憶良殿の姓《かばね》は臣《おみ》である。朝廷では――田舎の伯耆の国守、貴族とはいえ万年従五位下の老人が、何故東宮侍講に抜擢されたのか――と、話題になったな）

先日水城《みずき》で別れを告げた憶良の老顔が瞼に浮かぶ。

（実力者を登用する長屋親王の人事と知った。憶良殿は、二十年前の大宝元年〈七〇一〉遣唐使節の録事に、無位で登用され、少し話題になった。その後十数年、目立つことはなかったが、和銅七年〈七一四〉、従五位下を授与され、貴族になり、二年後の霊亀二年〈七一六〉伯耆守に登用されて話題になった。しかし東宮侍講登用は、それらの比ではなかった。次の天皇になられる皇太子に、学問を個人指導する役目である。名誉の大役であり、名門子弟だからできるものでもない。……吾はそれまで山上憶良の人物を知らなかった。……長屋親王邸で紹介され、交遊を重ねるごとに、憶良殿がとてつもない碩学《せきがく》と知った。長屋親王は、憶良殿に、東宮侍講の肩書と活躍の場を提供されるとともに、――非公式ではあるが、ご自身の諮問《しもん》に応《こた》える相談相手にされた――と、知った）

（右大臣となられた長屋親王は、隠れ顧問の憶良殿の助言や献策を容れ、国政を進められた。吾は中納言として朝議に参画したが、親王の私心なき政事《まつりごと》に心服した。太政官の一員として、国政の一翼《いちよく》を担うことの責務と、その重みを痛感した日々であった。……重き役を辞退せず、引き受けてよかった。吾は、日々、一回りも二回りも成長する己《おのれ》を自覚した。――地位が人を作るというが、大納言であった父に少しは近づいているな――と、実感したな）

旅人の瞼《まぶた》には、長屋親王を中心に、大納言阿倍宿奈麻呂、多治比池守、中納言巨勢祖父《おおじ》（邑治《おおじ》）、新中納言藤原武智麻呂らと、意見を述べ合った光景が再現されていた。

（朝議では右大臣長屋親王より上席の知太政官事〈民臣では太政大臣〉である舎人《とねり》親王が霞んでいた。舎人親王は天武帝の皇子であるが、持統女帝や藤原不比等卿をひどく恐れ、何事も控えめに仕えてこられた。日本書紀編纂の総裁を任せられ、政事から離れた世界で過ごされていたお方だった。書紀の編纂では不比等卿がいろいろご指示を出され、藤原色の強い筋書きになったと聞いているくらいだ。

不比等殿の薨去で、突然、知太政官事の大役に任じられたが、政事にはご経験がないから無理もない。……凡庸なお方に見えたが……今にして思えば、甥《おい》である長屋親王の思考と実行力に、男の嫉妬《しっと》をされたのかもしれぬ。表面では長屋親王を、叔父の目つきで頼もしいと見られながら、裏では、末席中納言として発言を控えていた武智麻呂と、次第に結びついていった。……そのうち朝議で、長屋親王と藤原武智麻呂が次第に対立するようになった。舎人親王と武智麻呂は、不遇を託《かこ》ち合うようになった）

（二）元明太上天皇の遺言

（元明太上天皇は、長屋親王と藤原武智麻呂の対立を非常にご心配された。……十月だったか。重い病の床にあった上皇は、右大臣長屋親王と、参議藤原房前《ふささき》卿を枕頭《ちんとう》に呼ばれた。……）

旅人は、あの日、退庁した親王から聞いた言葉を反芻《はんすう》していた。

長屋王『旅人よ、元明太上天皇は、聡明な女性よ。そのうえ、余などより役者が上だな。余と房前にこう申されたぞ。――皇親と藤原は争わず、協調して、わが息女、元正天皇の政事を輔弼《ほひつ》して欲しい。房前には首皇太子の後見役を命ず。そのため律令の規定にはないが、内臣《うちのおみ》に任命する――とな。吾ら二人は、成り行き上、――お任せくだされ――と、申し上げるほかなかったよ。余と房前を、右大臣と内臣、将来は内大臣という含みで、半ば公的に組ませたのは、生一本の武智麻呂を抑える流石《さすが》の演出ぞ』

旅人『左様でございましたか』

旅人は複雑な皇統系図と藤原の関係図を、瞬間のうちに脳裡に、明快に描いていた。

天皇家と藤原の閨閥　太字は本稿の主要人物

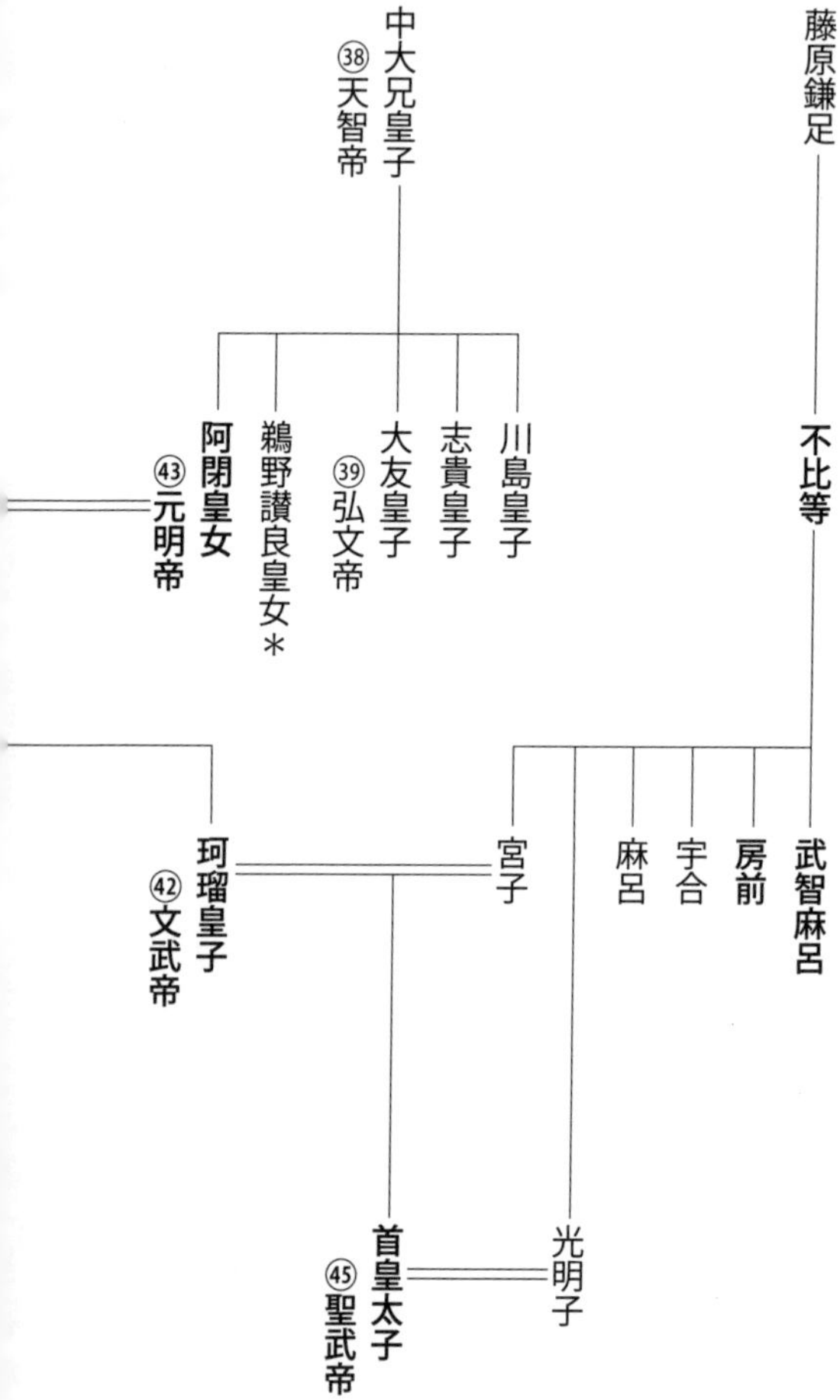

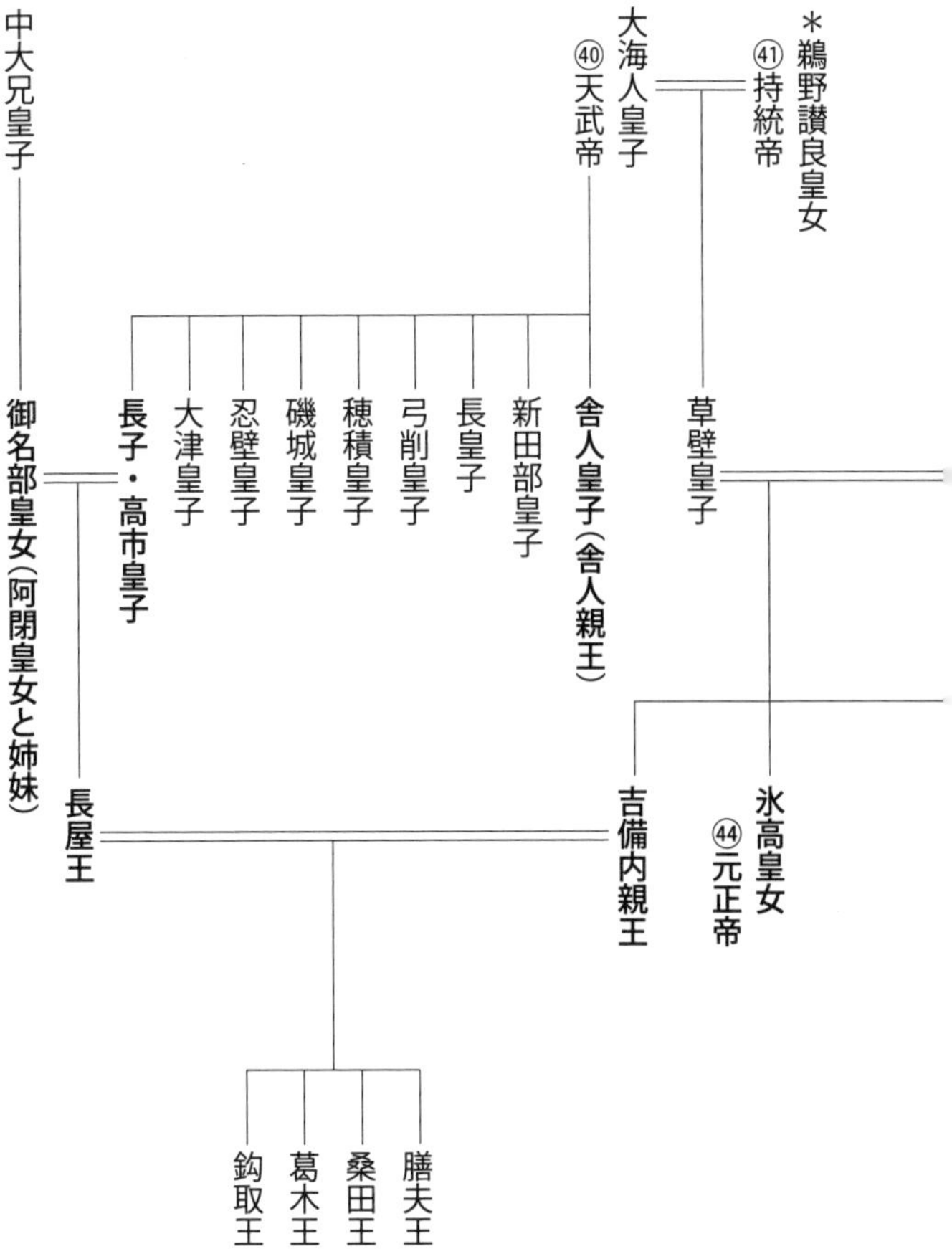

（元明太上天皇の愛されたご息女、元正天皇は未婚であった。上皇は早逝された愛息、文武帝の遺児、首皇太子に、皇位が無事継承されることを願っておられた。……首皇太子のご生母は藤原宮子、不比

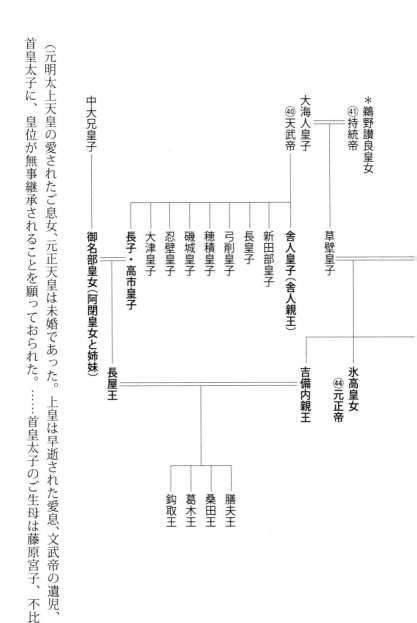

等の女《むすめ》である。皇族でも王族でもない。今の天皇家は、男系では草壁皇子の遺児、文武帝につなぎ、天武帝の血統の形になっているが……母系を見れば、明らかに天智帝と藤原不比等卿の血統だ。――その不比等卿は、鎌足の実子ではない。中大兄皇子、すなわち天智帝のご落胤だ――と、憶良殿は断言された。皇統には中大兄皇子の血が濃厚に流れている）

中納言という役職上、否応なしに、皇統の血統を意識せざるをえない。

（元明太上天皇は、――不比等卿の薨去と、ご自身の崩御を機に、天武直系の皇子や皇親、王族たちが、一致団結して、天智系の藤原一族を、政権の中枢から一挙に排除するだけでなく、皇位が純天武直系に移る大逆転の事態――を、極端に懸念されていたのが、本音であろう）

旅人の心を見透かすように、長屋王は苦笑いしながら言葉を続けた。

長屋王『旅人、そちも承知の通り、元明太上天皇・阿閇皇女《あへのひめみこ》は、わが母御名部皇女《みなべのひめみこ》とは姉妹である。わが正妃、吉備内親王のご生母だ。上皇は、ご夫君の草壁皇子を若くして失い、さらに愛息の文武帝・珂瑠皇子とも死別され、ご苦労された。……それゆえ余は、叔母であり、義母である上皇のご要請を守り、藤原と協調し、元正女帝と首皇太子を輔弼《ほひつ》せねばなるまいな』

元明太上天皇は安堵《あんど》されたのか、二カ月後の十二月、崩御された。六十一歳であった。ご遺言により、大葬は質素に行われた。

殯《もがり》を取り仕切る大役は、長屋王と藤原武智麻呂が任命された。陵《みささぎ》への葬行の責任者は、旅人に命が下った。すべて協調配慮の人事であった。

朝議は、亡くなられた上皇の遺言を尊重して、右大臣長屋王と、参議ながら内臣《うちのおみ》となった房前が軸となって運営されるようになった。

旅人の船中回想は続く。

(長屋親王を――動の英傑――とすれば、房前卿は――静の智者――であろうか。……この上皇のご遺言を機に、長屋親王は房前卿を佐保楼にしばしば招待された。お二方は国政の在り方について、忌《き》憚《たん》なくご意見を交わされていた。文字通り、意気投合され、肝胆相照らす仲になられた)

(三) 墾田開発の提言

「追懐は故人の供養になると聞いた。もう少し長屋親王を偲ぶとするか」

旅人は、隣に亡妻郎女が静かに座っているような気がして、独り呟《つぶや》いた。

(長屋親王は、憶良殿を博識ゆえに登用したのではない――と、間もなく知った。もちろん親王は、遣唐使として渡唐した憶良殿の、政治、経済、文物などの知識や見識に耳を傾けられたが、特に将来の日本の国造への献策を高く評価された。賢人房前卿も同様に、憶良殿の発言に耳を傾けたな)

旅人は、佐保楼での宴席の前に行っていた四人での勉強会を懐かしんでいた。東宮侍講山上憶良の発言は、武将一筋できた旅人には新鮮であった。

憶良『右大臣殿、中納言殿、内臣殿を前に、教職のそれがしが天下国家の政事の策を提言するのは烏滸《おこ》がましゅうございますが……』
長屋王『構わぬ。そのための勉強会ぞ』
憶良『壬申の乱以来、吾らの国内では戦いを起こさず、律令国家の建設に励んでいます。その結果、律令は国の隅々まで徹底してまいりました。しかし国家の力を、唐には及ばずとも、向上させる必要がございます』
長屋王『その通りじゃ。で具体策はあるのか？』
憶良『はい。伯耆守として六年、現地で税の取り立てを行い、民百姓の生活実態をつぶさに観てまいりました。農民の心理や地勢・地味も調べました。わが国は瑞穂の国、農は国の基でございます。国力を付けるということは、農業を振興させることでございます。そのために、高い目標を立ててみました』
長屋王『ほう、どのような？』
憶良『全国で百万町歩の墾田《こんでん》の開発でございます』
房前『百万町歩だと！』
（温厚寡黙な房前卿も、驚きの声を発したわ。豪胆怜悧《ごうたんれいり》な長屋王は即座に反応された）

長屋王『面白い。国土倍増計画だな。ウワッハッハ。……しかし、一律にというわけにもいくまい』

憶良『はい。各国の地勢と農民の人数により異なりまする。それがしが内々調べた結果、このような計画で各国の国守に割り当ててはいかがと、愚考します』

(憶良殿は、国別の開発目標を示す一覧表を取り出された。備考欄が充実していた。これを見た時には、それがしだけでなく、親王も房前卿も、その解説の緻密さに驚いた。……しかし、太宰府で、憶良殿が山辺衆の首領と知って、——国内各地の情報を知悉《ちしつ》しているのは当然——と、分かったが……あの計画はよくできていた。親王がすぐ発言された)

長屋王『憶良、壮大な計画であり、興味深い。しかし墾田を開発するのは今の民百姓であろう。現在でさえ、やっとこさ生産高を維持している状態で、どうして彼らが新たな開墾に乗り出そうか。それとも鞭打って働かせるのか。もしそうすれば、土地を離れる流民《るみん》が増え、国内には社会不安が増すぞ。今でも流民が皆無ではない。良田百万町歩開墾計画は机上の空論になりはせぬか』

(房前卿も吾も、——親王の申される通り——と、同感の意を発言した。しかし、憶良殿は平然とされて、返答された。その内容に、またまた驚いたな)

憶良『その通りでございます。民百姓は動かず、押し付ければ流民となります。民百姓が、生き生きとして、喜んで墾田を開発するように、国が褒賞を法で定めるのでございます』
長屋王『墾田の開発に褒賞とな？　具体的には？』
憶良『墾田の開発と申しても、その土地によって様々な事例がございましょうが、基本的には、――新たに溝を作り、開墾したとすれば、その土地は、本人、子、孫の三代にわたり、私有を認め、税を課さない――ことに致します』
長屋王『何、何と申した。親子、孫、三代に私有を認めるだと！　それでは税収にならぬではないか？』
憶良『当面税の増加にはなりませぬ。しかし三代が過ぎますと、日本の国家の税収は確実に増加致します。つまり、国家百年の大計でございます』
房前『その法令は？』
憶良『三世一身法として、それがし素案を作っております』
(憶良殿は風呂敷を解き、書類を取り出された。――用意周到だな――と感心した)
憶良『良田百万町歩開墾計画を公表される時に、――三世一身法を後日施行する――と、申しておけば、民百姓は、一文の金を出さずとも、意欲を出して、自分たちのために、せっせと開墾に励みまする。……ところで、それがしの本職は東宮侍講でございます。それゆえこの計画で名が出ないように、皆様にご配慮をお願い致します。親王ご自身のお考えになられた政策として、これをたたき台に、担当する官人たちに作業させてくださいませ』

（吾ら三名は、憶良殿の提言と説明に圧倒されていたな。……親王は大きく頷かれ、憶良殿の国家観と発想は、直ちに実現された）

養老六年（七二二）四月、良田百万町歩開墾計画が公表された。

翌年四月、三世一身法が施行され、民百姓たちは一斉に開墾に精を出した。

（四）佐保楼の旅人と憶良

（こうした施策によって、長屋親王の実権は確固たるものになったたな。親王の佐保楼での四人の勉強会と宴会は楽しかったな）

旅人の瞼には、四季折々の宴が浮かんでいた。

（……長屋親王とは天武帝以来、親子三代にわたる臣従関係にあったことと、吾が佐保の館と、親王の別邸、佐保楼が至近の場所であったことから、勉強会や宴《うたげ》には必ず招かれた。勉強会では政事はもとより、漢詩漢文、和歌、物語。華やかな宴席では、音楽、舞踊、美食に美酒、侍《はべ》る女人には異国の美女もいた。話題は幅広く、語られる内容は奥深かった。吾は、三人の話を聴くのみであった。お話は弾むが、武人一辺倒で過ごしてきた吾は、恥ずかしい限りであった。――これでは駄目だ。ご三方に学びながら、早く追いつかねば――と、痛切に感じた。……四人で過ごした風雅の時は、わが人生で最も実り豊かであった。華やかな楽しい数年、文字通り至福の時であったわ。就中《なかんずく》、憶良殿と面識を得て、師と仰ぐようになったのは、人生の幸運であった）

旅人は、山上憶良との交遊を回顧していた。

（憶良殿は文官であり、吾は武官であったから、それまでは勤めの上では接点はなかった。――出自不詳で無位ながら、数十年ぶりの遣唐使節九名の末席に抜擢され、大唐から多くの文物を持ち帰った――との功績は、耳にしていた。宮廷で見かけても、――遣唐使節団の外交官にしては、風采の上がらぬ男だな――との印象しか覚えていなかった。しかし、佐保楼で親王から紹介され、房前卿とともに談論するにつれ、憶良殿が格段に優れた智者、碩学であると知った。――外面《そとづら》で人を判断してはいけない――と、自戒した）

旅人は憶良の学識の高さに驚き、感動し、畏敬した体験を、生々しく瞼に再現していた。

（その日、憶良殿は、――中国六朝時代から唐代にかけて編纂された――と伝えられる数種の書儀《しょぎ》を、佐保楼に持参された）

書儀とは、書簡の文例集である。

（北宋の司馬光が編集した「司馬氏書儀」十巻や、「杜家立成雑書要略《とかりっせいざっしょようりゃく》」などであった。――先進文

化とはこういうことなのか――と、身体に震えが来たほどの衝撃を受けた）
旅人の記憶力は冴《さ》えていた。

長屋王『これはまことに貴重な文献だ。憶良が講師となり、吾ら三名が学生となって、宴の前に勉強しよう』

（と、親王が提案された。大唐の一流文士や高官たちの書簡や書状の体裁《ていさい》を、吾は老齢の身で学んだ。まことに新鮮であった。……あの文例に引用されていた物品贈答文の形式、時候の挨拶の用語、物品に関する故事来歴、物語や詩歌のさりげない挿入の手法……憶良殿の解説は実に明快であったわ。吾が今、文人の端くれに名を挙げられるようになったのは、まぎれもなく長屋親王の佐保楼での勉強会のお蔭だ。……想い出せば、吉凶贈答書簡、公的な往来文書など、いやはや、あの席で学んでいなければ、後世に恥ずかしい書簡を残し、笑い者になっていたであろう。……長屋親王、房前卿、憶良殿。吾は人縁に恵まれていたわ……）

しかし、この楽しい実り多かった集いも、僅か数年で絶えた。

（神亀三年〈七二六〉、憶良殿は東宮侍講の職を解かれ、筑前守に任命された。筑前国は西国第一の大国だが、明らかに左遷だった。――碩学の憶良殿を、左大臣になられていた長屋親王から遠ざけるべし――との、藤原武智麻呂や光明子夫人の陰謀だった。……憶良殿だけではなかった。……翌年には吾が大宰帥として、現地赴任を命ぜられた。……さらに……二年後の天平元年〈七二九〉二月、あろうことか……長屋親王は、でっちあげの誣告《ぶこく》によって、ご無念のご自害を……詔《みことのり》により強いられた……)

旅人は、はらはらと落涙しながら合掌していた。

佐保楼で談笑した四人の一人、京師《みやこ》に残っている藤原一門の、参議房前卿に思いを移した。

第五帖　梧桐《あおぎり》の和琴《わごん》

> 言問《ことと》はぬ樹にはありともうるはしき君が手慣《たなれ》の琴にしあるべし
> （大伴旅人　万葉集　巻五・八一一）

（一）雅琴者《みやびにことひくもの》は楽《がく》の統《おさ》

藤原房前《ふささき》の長兄、武智麻呂《むちまろ》は、長屋王の変の後、中納言から大納言に昇進していた。先任中納言の旅人を飛び越えての栄進であった。上席の大納言、多治比池守が薨去したので、武智麻呂が太政官の頂点にいた。弟宇合《うまかい》や麻呂《まろ》も出世して、藤原一族の花盛りが始まっていた。

しかし、藤原四兄弟の中で、次男の房前は、長屋王の皇親派と藤原の協調路線を主張してきたので、三兄弟の反発を受け、参議のまま留め置かれていた。職務は中衛大将《ちゅうえたいしょう》兼中務卿《なかつかさきょう》。閑職ではないが、本流ではない。

長屋王の変の時には、旅人も憶良も筑紫の地で公職にあった。事件を事後に知り、何ら為す術もなく、傍観せざるをえなかった。

（房前卿と胸襟《きょうきん》を開いて語り合うには、地理的に不可能であった。否、京師《みやこ》に居たとしても、公然と面談ができる情勢ではなかったな。……誤解を招く行動は、大伴家の命取りになる……）

しかし、佐保楼で房前と、漢詩や和歌など風雅の朋として交際してきた旅人は、心の片隅で、できれば房前とともに長屋王を偲びたいと思っていた。

（無理であろう。政権の抗争に巻き込まれてはならぬ。武智麻呂は、歌舞、音曲、文芸までも規制しようとしているらしい。……朝議では藤原の政事には反論せず、適当な距離を置かねばなるまい。……）

旅人の頭の中を、大宰府三年間の出来事が、あたかも走馬灯のように、ぐるぐると回っていた。

（亡き郎女は、和琴が好きだった。長屋王も、房前卿も、音楽を好まれた。房前卿は琴を弾かれ、親王は漢詩や和歌を朗詠されたものだった。……）

旅人は、郎女や房前卿が和琴をつま弾く姿を思い浮かべていた。長屋王の堂々とした、張りのある低音の発声を懐かしんでいた。

（そうだ。郎女が逝去した際、憶良殿から——琴は亡き人の魂に呼びかける楽器——と、聞いたことがあったな。……）

旅人はその時憶良が示した歌を想い出した。

琴取ればなげき先立《さきだ》つけだしくも琴の下樋《したひ》に妻や匿《こも》れる

（作者不詳　万葉集　巻七・一一二九）

（時の経つのはまことに早いな。郎女の死で吾はこの歌を知ったが、さらに長屋親王のご自害が続いた。――梧桐《あおぎり》の和琴を房前卿に贈り、長屋親王の鎮魂の曲や、わが亡妻郎女追悼の曲を弾いてもらいたいな――とふっと思いついたのは昨年夏だったか。……）

旅人は複雑な心境であった。

（……家持は若い。大伴の今後の行く末など、万感《ばんかん》の思いもあった。――房前卿とは縁を深めておきたい――との気配り、いや、思惑もあったわ。……憶良殿に相談したら、『名案』と、褒められたな。

その時、憶良殿はこう説明された。……）

憶良『旅人殿、隋や唐では、――雅琴者楽之統也《みやびにことひくものはがくのおさなり》、……然君子所常御《しからばくんしのあつかうところのもの》、……不離於身《みをはなさず》。――との言い伝えがございます。琴は音楽を統御《とうぎょ》する楽器であり、君子の必需品でございます。――琴は人の心を正す効用がある――とも聞いております。それゆえ文人交流の漢詩には、必ずと言ってよいほど、琴が出てまいります。琴を贈るということは、君子としての交流を求めることを意味します』

旅人『そうであったか』

憶良『房前卿は漢詩にも造詣《ぞうけい》が深いから、帥殿のお気持ちは十分伝わるでしょう』

（憶良殿の奥深い助言に、吾は意を決した）

（二）梧桐《あおぎり》の和琴《わごん》

旅人は一年前の初夏、梧桐の和琴を製作したときの苦労を想い出していた。

「梧桐の銘木を探してくれ」

九州九カ国と壱岐《いき》・対馬《つしま》の二島の国守たちに、異例の私的な頼みごとをした。

予想もしなかった対馬から、速報が入った。

対馬国守『吾が島の結石《ゆいし》の山に、桐の巨樹がございます。実に堂々たる木で、和琴ならば、その孫枝《ひこえ》だけでも十分製作できます』

旅人『よし、それにしよう。切り出しを急げ！』

余談であるが、当時の琴は、現在のように大きくはない。ウクレレ程度の小ささで、膝《ひざ》に乗せて弾いていた。

那大津では、憶良の友人楓の紹介で、著名な匠《たくみ》に作らせた。

楽器には素人の旅人ではあるが、出来上がった和琴の見事さには見惚《みほ》れた。琉球産の貝が埋め込まれた螺鈿《らでん》細工であった。

「お気に召しますでしょうか？」

と、心配げに旅人の顔色を窺《うかが》う老匠に、

「素晴らしい。何か霊気さえ感じる。ありがとう」

と、過分の礼金を与えた。


琴の裏に、「淡等《たびと》」と、署名した。

「旅人」では俗に堕ちる。また万が一にも贈賄《ぞうわい》と怪しまれても、いけない。

贈る詞も書いては破り、推敲《すいこう》した。

長屋王の佐保楼で、憶良から指導を受けた書儀の講義が、思わぬ役に立った。形式は物品の贈答である。書儀の範例を参考にして、自作の和歌を添えた。

唐の書簡と異なるのは、旅人自身が創作した、夢に顕《あらわ》れた琴の魂の乙女に托した物語を含ませた点である。

（憶良殿も申されたように、房前卿ならば、それがしの意中を察してくれるであろう）

と、密かに期待した。

旅人は、時折潮風が吹き込む船室で、目を閉じ、当時の書簡の一言一句を暗唱した。

大伴淡等《たびと》謹上
梧桐日本琴一面　対馬結石山孫枝《つしまゆいしのやまのひこえ》

大伴淡等謹みて状す
梧桐の日本琴一面　対馬結石山の孫枝なり

此琴夢化娘子曰
余託根遥嶋之崇巒
晞幹九陽之休光
長帯煙霞逍遥山川之阿
遠望風波出入鴈木之間
唯恐百年之後空朽溝壑
偶遭良匠剒為小琴
不顧質麁音少
恒希君子左琴
即歌曰

この琴夢に娘子《をとめ》に化《な》りて曰く
余《われ》、根を遥島の崇き巒《みね》（峰）に託せ、
幹《から》（幹）を九陽（大空）の休《よ》き光に晞《さら》しき。
長く煙霞（もやと霞）を帯びて山川の阿《くま》（奥）に逍遥《あそ》び、
遠く風波を望みて、鴈《かり》（雁）木と木との間に出で入りき。
唯、百年の後、空しく溝壑《たに》に朽ちなむことを恐りしに、
偶々《たまたま》良き匠に遭ひて、剒《かざ》りて小琴に為《つく》らえぬ。
質の麁《あら》く音の少しきを顧みず、
恒に、君子《うまびと》の左の琴とあらむことを希《ねが》ふといへり。
即ち歌ひて曰く

いかにあらむ日の時にかも聲知らむ人の膝《ひざ》の上《へ》わが枕《まくら》かむ
（大伴旅人　万葉集　巻五・八一〇）

——どういう時の、どういう日になったなら、自分の音を聞き別けてくれる人の、膝の上を枕とし

て据えられて、弾かれるようになれようか――

僕報詩詠曰
僕詩詠《うた》に報《こた》へて曰く

言問《ことと》はぬ樹にはありともうるはしき君が手慣《たなれ》の琴にしあるべし

――琴の魂の娘子よ、ものをいわない木であっても、立派な方の手で弾き馴らされる琴と、おまえさんはなれるでしょう――

旅人は、自分が創作した琴の娘子の物語詩を反芻していた

(琴の娘子を再登場させて、吾が歌に答えさせた。……)

琴娘子答曰
琴の娘子答えて曰く、

敬奉徳音　幸甚〃〃
敬《つつし》みて徳音を奉《うけたまは》りぬ、幸甚幸甚といへり。

片時覚　即感於夢言
片時にして覚《おどろ》きて、即ち、夢の言に感《かま》け、

慨然不得止黙
慨然《なげ》きて黙止《もだ》をること得ず。

故附公使　聊以進御耳
故《かれ》、公使《おおやけづかひ》に附けて、聊《いささ》か以ちて進御《たてまつ》らくのみ

謹上　不具
謹みて状す。不具。

天平元年十月七日　附使進上　　天平元年十月七日　使いに附けて進上る
謹通　中衛高明閣下　謹空　　謹みて中衛高明閣下《かふか》に通はす　謹空

——その琴の娘が答えて申しました。「謹んでありがたいお言葉を頂き、まことにありがとうございます」と。私はすぐに目が覚めて、夢の言葉に感じ入り、黙っていられず、公用の使いに頼んで、この琴をお贈り致しました。謹んで申し上げます。天平元年十月七日。使いをもって進上致します。謹んで中衛高明閣下《ちゅうえいこうめいかっか》に——

高明とは、良識や志が高く、考えを曲げず、事理に明るいことをいう。房前はこの時、中衛大将であった。

（吾は以前、征隼人持節大将軍であったが、今は藤原の世。それに、公使を利用するとあっては、「閣下」と、敬称するのもやむをえなかったな。……それに、房前卿は節を曲げない、識見の高い知恵者だ。高名な卿の実像に、「閣下」は相応《ふさわ》しい。……決して阿《おもね》りではなかった）

(三) 知音《ちいん》の人

（一カ月ほど経って、房前卿の返書が太宰府に届いた。……）

旅人は、その時の返事を暗唱していた。

跪承芳音　嘉懽交深
乃知龍門之思　復厚逢身之上
戀望殊念常心百倍
謹和白雲之什　以奏野鄙之歌
房前謹上

跪《ひざまづ》きて芳音を承り、嘉懽《よろこび》交深《こもごも》し。
乃ち知りぬ、龍門の恩、また逢身の上に厚きことを。
戀ひ望む殊念《おもひ》、常の心に百倍せり。
謹みて白雲の什に和《こた》えて、以ちて、野鄙《（やひ）》の歌を奏《まを》す。
房前謹みて状す。

――謹んでお手紙を頂き、深く感謝しています。私ごときに龍門《りゅうもん》の游《ゆう》（優れた人の遊び）として琴を贈っていただいた御恩、痛み入ります。百倍もお目にかかりたい気持ちです。白雲の彼方（筑紫）から贈っていただいた歌に和《こた》えて、つまらない歌ですが、詠んでみました。房前謹んで――

言問はぬ木にもありとも吾兄子《わがせこ》が手慣《たなれ》の御琴地《みことつち》に置かめやも
（藤原房前　万葉集　巻五・八一二）

――ものを言わない木ではあっても、あなたが使い慣れた御琴を地に置いてよいものでしょうか――

（短い文言の返書と和歌であったが、さすがに房前卿は、文字通り高明の方であったわ）

旅人の懐旧は続く。

(書儀の定める体裁に沿った吾の書簡と歌に対して、卿は同様の正式な漢文の返事に、歌を添えていた。——房前卿と、この和琴を通じて、君子の交流を続けたい——という吾の暗黙の要請に、——あなたのお気に入りの琴を、粗末な扱いには致しませぬ——という表現で、了解をしてくれた。……今なお万感胸に迫るわ。……佐保に帰ったら、真っ先に逢いたいが、大事件の後だ。迷惑をかけてはならぬ。朝議の際に顔を合わすのが精いっぱいであろう。それも……無理かもしれぬ)

旅人は船室で腕組みをして、再会を諦《あきら》めていた。

少し風が出たのか、船が揺れた。


(そうだ。この房前卿の返書を、憶良殿に披露したところ、即座に、「知音《ちいん》の人だ」と感服された。吾はその時、恥ずかしながら「知音の人」の意を十分知らなかった。琴の音が分かる人ぐらいに考えていた。故事があるとは、憶良殿の詳しい解説で知った。憶良殿は碩学。博識だ)

憶良は旅人にこう説明した。

憶良『知音の人とは、旅人殿の考えられるように、もともとは琴の音色を聞き分けできる人を意味します。それが転じて、自分の心をよく知っている人、さらには、——自分を知って、面倒を看てくれる人——の意にもなります。真の友人、心の友でございます』
旅人『なるほど』

憶良『中国の呂氏春秋《りょししゅんじゅう》、千五百年も前の大昔の逸話です。伯牙《はくが》は琴をよく弾き、友人の鐘子期《しょうしき》は、その琴の音によって、伯牙の心境を知ったそうです』

旅人『そうであったか』

憶良『この二人にはさらに故事があります。鐘子期が死ぬと、名手伯牙は、——もう自分の琴を聴き分ける人が、この世にはいない——と、弦《げん》を断って、二度と琴を奏《かな》でなかったと、伝えられております。——絶弦《ぜつげん》——と、申します。転じて、親友の死を表現しております』

旅人『絶弦……か』

憶良『琴を通して君子の交流をなされる帥殿と房前卿は、まさに——知音の人——だと、憶良め、うれしく思っております。しかし……生命は有限でございます』

旅人『いずれ……絶弦……か』

（憶良殿は、黙って頷《うなず》かれた……）

旅人が和琴にまつわる思い出に浸っていると、船室の外で、空咳《からせき》がした。

「甚か？　入れ」

「大納言殿、少し冷てえ風に変わりやした。風邪を召されるといけませぬ。熱い甘酒を用意致しやした」

「甚、かたじけない。ついつい京師《みやこ》に在るお方を懐かしんでいた。では久々に甘酒を頂こうか」

船首にいた健や、家持、書持、それに新しく供になった助や剛の前には、芸備《げいび》諸島の島影が見えてきた。

第六帖　孤《こ》愁《しゅう》

吾妹子が見し鞆《とも》の浦のむろの木は常世《とこよ》にあれど見し人ぞなき
（大伴旅人　万葉集　巻三・四四六）

（一）天木香樹《むろのき》

船は数日をかけて、芸豫《げいよ》諸島（安芸《あき》国と伊豫《いよ》国の間）や、難所の来島《くるしま》海峡を抜け、舵を左手に取っていた。

燧灘《ひうちなだ》に入った。右手には、遠く高く聳《そび》える石鎚《いしづち》山を頂点として、四国山地が、南の太平洋からの風を遮《さえぎ》っている。左手には、中国山地が、北の日本海からの風を防いでいる。

燧灘は穏やかである。

とはいえ燧灘は広い。海は突然荒れることがある。この時代、航海をする者は、本能的に安全な島伝いを選んでいた。

左手に大島、伯方《はかた》島、弓削《ゆげ》島を見ながら通り過ぎて、備後《びんご》灘に入った。

「若たちよ、もうすぐ今日の泊り地の鞆《とも》の浦でごぜえますぞ」

と、甚が前方の半島を指した。


鞆の浦は景勝の地である。さらに、――潮待ちの港――としても、古くから有名である。鞆の浦の沖合が、瀬戸内海のほぼ中央に当たる。つまり、東と西から押し寄せてくる上げ潮は、鞆の浦の沖で満潮になる。引き潮は、東方向と西方向に見事に分かれて流れる。したがって、大和へ向かう船も、九州へ下る船も、この浦に泊まって、潮待ちをするのである。鞆の浦は、鯛がよく獲れた。鯛料理でも有名であった。

港に近い磯辺に、大きな杜松《としょう》の樹が生えていた。瀬戸内海の船乗りたちは、その大木の姿を愛でた。余談ながら、杜松の樹は、「室《むろ》の木」あるいは「ねずの木」ともいう。檜科の常緑樹である。杜松の実は杜松子と呼ばれた。灯火として使われたが、香りもよかった。香樹である。欧州では、杜松子はジンの香り附けに用いられている。

旅人は、三年前大宰府に赴任する西下の途中、この浦に一泊した。妻の郎女《いらつめ》と、この名木を観賞し、「天木香樹《むろのき》」と名付けていた。

帰途、この大樹を再び目にした時、

(郎女とともに帰京したかったな……)

との感慨に耽った。三首、迸《ほとばし》り出た。

吾妹子が見し鞆《とも》の浦のむろの木は常世《とこよ》にあれど見し人ぞなき

——いとしい吾が妻が、筑紫へ赴くときに観たこの鞆の浦のむろの木はずっと変わりないが、これを観た妻は、もうこの世にはいない——

鞆の浦の磯のむろの木見むごとに相見し妹は忘らえめやも
(大伴旅人　万葉集　巻三・四四七)

磯の上《うへ》に根ばふむろの木見し人をいづらと問はば語り告げむか
(大伴旅人　万葉集　巻三・四四八)

——磯の上に根を張っているむろの木よ、往路にお前を見た人、吾の愛妻が、今どこに居るのかと問えば、語り告げてくれるのであろうか——

旅人は、鞆の浦での潮待ちの一夜、亡妻郎女を追懐した。
(美人ではない。醜女《しこめ》でもない。歌の才に優れているわけでもない。弁舌爽《さわ》やかでもない。格段の資質はないが、誠実だけが取り柄であった。氏族の誰にも平等に接し、弱者に気配りが行き届いていた。それゆえに、一族の皆から家刀自として尊敬されていた。多治比郎女の産んだ家持、書持を引き取り、吾が子のごとく、見事に育ててくれた。……吾は後顧の憂いなく、官職に、遊びに、没頭できた。得難い妻……最高の伴侶であったな）

——老いて妻を失うということが、これほどまでに孤独を感じるのか——と、旅人は、ひしひしと、孤独感と寂しさに包まれていた。

（孤愁か……仏の御手《みて》に縋《すが》りたい……）

旅人は冥福を祈り、合掌していた。

大伴の本貫（本籍）の地は、三輪山に接している。神道とは縁が深い。だが、——神道ではこの空虚な心は癒《いや》せぬ——と、悟っていた。

（二）吉備の児島

翌日、鞆の浦を出発した船は、引き潮に乗って東へ進んだ。

水島灘は、瀬戸内海でも特に景観がよい。

これまで一行は、周防国と伊豫国の間の防豫諸島、安芸国と伊豫国の間の芸豫諸島の景色を楽しんできた。

（大宰府へ赴任をする時にも、同じような島々を眺めたはずだが、頭の中は政事《まつりごと》のあれこれで、一杯

だったのか。……帰り船だから、心のゆとりがあるのか……島々が実に美しい)
　旅人は厚着をして舷側に佇《たたず》んでいた。

　何となく近寄りがたい雰囲気を感じたのか、家持、書持の兄弟は、父から離れて船首にいた。助と剛が、常に近くにいて、さりげなく護衛をしていた。

　船長の甚の息子、健が近づいてきた。

　前方左手に、半島とも見える大きな島が現れた。高い山がある。

「あの山は鷲羽《わしゆう》山と申します」

　健が二人に説明した。

「半島か？」

「いえ、島でござえます」

「名は？」

　と、家持が訊ねた。

「児島と申します」

「大きいのに小島か、面白いのう、兄上」

　と、書持が笑った。

「その通りでござえます。じゃが、小《ちい》せえという字ではのうて、童児の児《じ》でござえます」

　と、健が大きな掌《てのひら》に、指で字を書いた。

「そうか、児島——か」

家持は、筑紫の水城《みずき》で、父旅人と別れを惜しんでいた遊行女婦《うかれめ》を想い起こしていた。

(何となく暖かで、気《き》っ風《ぷ》が良さそうな女人に見えたな……)

あの時、少年家持は、大人の色恋の世界を、少し垣間《かいま》見た気がした。

(筑紫での父の愛人児島は、多数の見送り人の視線を気にせず、——京師《みやこ》は妾《わらわ》たちにはあまりにも遠うございます。もう二度とお会いすることはありますまい——と嘆き、大粒の涙を流し、姿が見えなくなるまで、水城の上で袖を振っていた。……大人たちが——好《い》い女——というのは、児島のような情熱的な美女を言うのであろうか……)

家持は、遊行女婦児島の愛に応えて詠んだ父の歌を想い出していた。

(そうであったか。今日は、父は、彼女を偲《しの》んでいるのか……)

家持は、船の真ん中、肩と呼ばれる辺りで、独り陸地を眺めている旅人の横顔を見ながら、父の歌を小さな声で口遊《くちずさ》んだ。


大和道の吉備《きび》の児島を過ぎて行かば筑紫《つくし》の児島おもほえむかも

(大伴旅人　万葉集　巻六・九六七)

(三年前と違って、家持殿は随分と凛々《りり》しくなられた。そろそろ色気づいてきたかな)

船長の甚は、助と目を合わせ、にやっと笑った。助も頷き返した。

西風と引き潮に乗って、船足は速かった。明石大門を過ぎ、船は、大輪田《おおわだ》（神戸）の港に入った。

(三) 奥處《おくか》知らずも

船旅もそろそろ終わりになった。大輪田の泊りを出た船は六甲連山に沿って走る。

大輪田のすぐ東の景勝地が敏馬《みぬめ》（神戸市灘区岩屋）の崎であり、古くから良港でもある。

船が出るとすぐに旅人が船室から出てきた。

（敏馬の崎か……茅淳《ちぬ》の海だな……大伴の海に入ったか……）

前方にうっすらと大和の山々が見える。

（郎女よ、元気なお前と帰りたかった……）

今日もまた船端に独り佇む旅人に、甚親子も、家持兄弟も近づこうとはしなかった。

孤愁——が、漂《ただよ》っていた。

その旅人は、亡妻を偲び、敏馬の崎で思うが儘《まま》に歌を詠んでいた。

妹と来《こ》し敏馬《みぬめ》の崎を還《かへ》るさにひとりして見れば涙ぐましも
（大伴旅人　万葉集　巻三・四四九）

往《ゆく》さには二人わが見しこの崎をひとり過ぐればこころ悲しも
（大伴旅人　万葉集　巻三・四五〇）

帰りの船は、旅人の希望で、御津（堺）の港ではなく、少し北にある難波津（大阪）へ向かっていた。

旅人の身の回りの世話をする従者たちを、「傔従《けんじゆう》」とか「傔卒《けんそつ》」という。

その一人が、腰をかがめるようにして、主人の旅人の方へ近寄り、おそるおそる木簡を十枚ほど差し出した。

「殿《との》、実はあっしらも下手な歌を詠んでみました。皆の歌を持ってまいりました。お目を通していただければ……」

旅人は相好《そうこう》を崩した。

「そうか、皆も歌を詠んでいたか。どれどれ、見せよ」

と、木簡を受け取り、順繰りに閲覧した。

「なかなかの出来栄えではないか。余の歌よりも優れているぞ」

「恐れ入ります る」

「この二首が特に好いのう。吾が詠ってみよう」


玉はやす武庫《むこ》の渡《わたり》に天《あま》づたふ日の暮れゆけば家をしぞおもふ

（大伴旅人傔従　万葉集　巻一七・三八九五）

――玉を輝かせる武庫（尼崎市北部）の渡し場に、天空を渡る日が落ち行くと、夕暮れの寂しさに家を恋しく思うことよ――

家にてもたゆたふ命波の上に浮きてしをれば奥処《おくか》知らずも

（大伴旅人傔従　万葉集　巻一七・三八九六）

――家に居ても動揺し定まらない命であるのに、今は波の上にいる。果て知れぬ物思いに沈んでいる――

旅人は目を閉じた。

（わが大伴一族が尊敬し、頼りにしていた長屋親王は、卑怯な誣告《ぶこく》により斃《たお》された。吾の次席であった藤原武智麻呂は、先任の大納言になった。屈辱的な人事であった。それより先、吾は愛妻郎女を太宰府で失っている。大納言となって京師《みやこ》へ帰るといっても、心が躍動するような喜びはない。……鬱屈した吾が心の奥底を、傔従たちはよく分かっているな……）

涙が一筋流れた。

「ありがとう。佳き歌ぞ。旅人皆に礼を申す」

傔従たちは恐縮し、甲板に頭をつけんばかりにしていた。

旅人は、少し離れて佇《たたず》んでいた船長《ふなおさ》の甚を手招きした。

「甚よ、わが従者たちは、皆素晴らしい歌詠みぞ。この十首、吾が歌とともに、帰り船にて筑紫の憶良に届けよ。今宵、難波津で、船倉から特上の酒を出して、この者たちに振舞ってくれ」

「心得ました」

傔従たちは、嬉しそうに、再び深々と頭を下げた。

第七帖　難《なに》波《わ》色《いろ》懺《ざん》悔《げ》　——その一　皇女狂恋《ひめみこきょうれん》——

おのれゆゑ詈《の》らえてをれば驄馬《あをうま》の面高夫駄《おもたかぶだ》に乗りて来《く》べしや
（紀皇女　万葉集　巻一二・三〇九八）

（一）難波津

「若たちよ、難波津が見えてきましたぞ」

船長の甚が、家持と書持を舳先《へさき》に呼んだ。

「あの高い塔が四天王寺か？」

「さようでござえます。この難波津、正しくは難波御津《なにわのみつ》にゃあ、昔から大和朝廷の屯倉《みやけ》が置かれ、行幸の宮殿も建てられ、賑やかじゃ。伝え聞いた話だと、厩戸《うまやど》皇子（聖徳太子）が四天王寺を建立《こんりゅう》されて、一層賑々《にぎにぎ》しくなってきたとか」

「厩戸皇子が蘇我と物部の戦いに関係されたことや、四天王寺を建立された話は、筑紫で憶良先生に教わったぞ」

と、書持が言った。

「左様でがすか。厩戸皇子が偉えのは、四天王寺を港の近くに造営されたことでごぜえます。高く聳《そび》える五重塔は、わしら船乗りの目印でごぜえますが、それだけではござんせぬ。誇りでごぜえます」

「なんと、誇りと？」

「左様でがす。ご存じの通り、難波津は遣唐使が出発する港でごぜえますが、他方、大唐や新羅などの外国使節が入港する港でもごぜえます」

家持も書持も甚の説明に頷いた。

「厩戸皇子は——日出づる国が、日没する国に見下されないように、入国する外国使節団の、大和朝廷に対する印象を考慮され、高層の五重塔を持ち、立派な金堂《こんどう》や講堂を配置した大きなお寺を建てられた——と、聞いておりやす。あっしは若え時、大唐に渡って、向こうの寺を知っておりやすが、四天王寺は恥ずかしゅうねえ規模だと思っておりやす。以来、四天王寺は難波津の象徴となったのでごぜえます」

「そうか。船乗りだけでなく、日本人の誇る建物か。よく分かった。それにしても難波津は那大津（博多）よりも大きいのう」

港に近づくにつれて、出船入船の多さに、二人は驚いていた。

「若たちよ、難波津には、西国九州、四国、山陽道の物産が集まり、一方、東国の農産物や京師《みやこ》の文物が、西に運ばれるのよ。対馬や太宰府にいた東国の防人《さきもり》たちも、この港から筑紫へ来たのじゃ」

「そうか。難波津が重要な港だと、よく分かった。甚、ありがとう。上陸したら四天王寺を訪れてみたい」

「喜んでご案内致しますぞ」

「甚、ついでにもう一つ聞きたい。幼稚な質問だが……」

と、家持が続けた。

「何でごぜえましょうか？」

「難波《なにわ》というのは、どうしてその名がついたのか？」

「これは船乗り仲間でもいろいろ話の種になっておりやす。一つは——潮の流れが速《はえ》え、浪速《なみはや》から難波となった——と」

「なるほど」

「もう一つは——魚《な》の庭《にわ》、つまり魚《さかな》の多いところ——を意味するとも」

「よく分かった。魚が多いので、今晩も新鮮な魚料理だろうな」

甚と二人の少年は、呵々《かか》大笑した。

(二) 高安王《たかやすおう》

船長《ふなおさ》の甚が、帰りの港を、大伴の御津《みつ》の浜（堺）ではなく、難波津にしたのは事情があった。

大宰府の旅人に、朝廷から——京師《みやこ》へ帰任せよ——との示達があって間もないある日。

——難波津で会いたい。わが館《やかた》へ泊まれ——と、文を寄こした貴人がいた。

摂津大夫《せっつたいふ》高安王であった。

この頃、難波は難波津とか難波御津と呼ばれていた。北は今の大阪城辺りから、南は住吉大社辺りまでの、南北三里（十二キロ）ほどの上町《うえまち》台地と、その西側に沿う海岸部である。現在、地名として南区の三津寺《みってら》町とか、船場《せんば》、あるいは湊《みなと》町などに、面影が残っている。

摂津国は、政治的にも重要な難波を拠点として、その周辺の内陸部も含めた国である。要港の「難波津」を管理するのも摂津職である。摂津大夫は摂津国の国守、長官である。

高安王。

天武天皇と大江皇女の間に生まれた長皇子《ながのみこ》の孫、天武帝には曽孫になる皇親であった。高安王と旅人は、長屋王の館で催される漢詩や和歌の宴《うたげ》で知り合いであった。長屋王は天武帝の孫であるから、集まるのは自然と、天武系の皇親や、貴族が多かった。天武帝の伴造《とものみやつこ》ともいえる大伴氏族の面々も、宴に呼ばれたのは当然であった。

年齢は高安王の方が三十歳ほど若い。まるで親子ほども差があるが、旅人とは何となく気心が合った。

——わざわざ難波津の館に泊まって、京師《みやこ》へ帰ればよいと、誘ってくださった。何か大事な話があるのだろう——

接岸した。

「甚、往路、復路とも家持、書持が世話になった。礼を言うぞ」

「滅相もごぜえません。氏上殿、お達者でお勤めくだされ。若たちよ、今後も御用があれば、この甚や、倅《せがれ》の健に何なりとお申し付けくだされ。佐保には時々旨《うめ》え魚を届けますぞ」

甚の配下の水夫《かこ》たちは、いずれも宗像水軍の隠れ兵士である。この二つの船旅で、家持、書持に、好意以上の親密感を持っていた。

後年、家持は薩摩守として西下の折、彼らと再会する運命にあったが、稿を改める。

港には庶弟《おとうと》、大伴稲公《いなきみ》や甥の古麻呂《こまろ》、重臣大伴古慈悲《こじひ》などが、氏上《うじのかみ》である旅人の下船を待っていた。稲公や古麻呂とは、先年、旅人が瘡《そう》で重篤《じゅうとく》になった時、太宰府に呼んだので、ヤアという程度の挨拶であったが、古慈悲とは久々であり、懐かしさがこみあげてきた。

(ここに宿奈麻呂《すくなまろ》がいないのは寂しいな)

旅人は亡き庶弟、宿奈麻呂の存在が大きかったと、痛惜《つうせき》していた。

古慈悲ほか重臣たちは、開口一番、詫びた。

「氏上殿、長屋王の一件、吾らお護りできず、まことに不面目、申し訳ございませぬ」

「気にするな。過ぎしことは、詮《せん》無きことよ。くれぐれも注意せよ。王の件は何も申すな……それよりも、余は佐保へ帰り、小鳥の囀《さえず》りを楽しみたいわ。……ところで、今宵から二晩、高安王の館《やかた》にご厄介になる。船旅の疲れを癒《いや》したのち、河内《かわち》の多治比家《たじひけ》にあいさつに回る。それゆえ、そちたちとの積もる話は、佐保でゆっくり聴こう」

「では佐保で……」

（難波の港の周辺には、藤原の候《うかみ》がうようよいよう。大伴一族の重臣たちが、揃って、一晩でも難波で会談すると、それだけでも謀反協議の事由にされかねない……）

との旅人の配慮であった。

重臣たちも心得ていた。挨拶もそこそこに、港を離れ、奈良に帰っていった。

摂津大夫高安王《せっつたいふたかやすおう》は、旅人一家を待ちわびていた。

茅淳《ちぬ》の海が一望できる座敷に案内された。

「佳《よ》き眺めでございますな」

西には六甲の山々を、前方には淡路島、左手には大伴の御津の浜松が連なる。

「奈良にはない豪華な景観じゃ。吉野の山並みも興が深いが、海はおおらかだ。しかし時には荒れ、毎日見ても見飽きぬわ。この景色を眺めながら、難波の旨い料理を食べ、各地の酒を楽しめるのは、摂津職の役得かもしれぬな。はっはっはっ」

と、王は豪快に笑った。

「旅人、病はもうよいのか？　船旅は陸路より楽だが、それでも筑紫から長旅だ。今宵と明晩はゆっくり休み、佐保へ帰るがよい。舎人頭《とねりがしら》の報告では、この二～三日前から、館の周りを見知らぬ傀儡師《くぐつし》や、薬売りなどがウロチョロしているようだ。藤原の下忍《げにん》であろう。夜の篝火《かがりび》を明るくして、不寝番の者を増やすように手配してあるから、心配するな」

「お心遣いありがとうございます」

「家持と書持か」

「はい」

二人は貴人に会って緊張していた。

「そなたたちは食べ盛りじゃ。玄界灘の魚介は美味であったろうが、わが館の膳夫《ぜんふ》自慢の茅淳の海鮮料理も平らげるがよかろうぞ」

「はい」

「何から何までご手配恐縮にございます。お言葉に甘え二晩ご厄介になります」

「では今宵は親子と家来でゆっくりされよ。旅人、そちとの話は明日にしよう」

高安王は少年二人に温かいまなざしを送り、部屋を去った。


翌日の夕、高安王は旅人を離れ座敷に案内した。

酒好きの二人である。見事な海鮮料理と、冷酒の徳利と酒盃が、二人の席の前に置かれていた。

離れであるから、天井裏や床下、納戸などに候が忍んで、聞き耳を立てるような場所はない。

家持の下人となって筑紫から従っている助と、権の息子剛など配下の山辺衆が、念のため、目立たぬように、植え込みの茂みに潜んで見張りをしていた。

「旅人、美女の酌なし。お互いに手酌で飲もう。この部屋は安心じゃ。ゆっくり語り明かそうぞ」

そう言って、高安王は自分の盃になみなみと清酒を注いだ。米麹《こめこうじ》の微醺《びくん》が流れた。

「新酒でございますな」

「はっはっは、さすがは酒豪よ。播磨から取り寄せた」

「乾飯《かれいい》で造った酒ですな」

清酒は、濁り酒を絹布《けんぷ》で濾《こ》して作る貴重品であった。

王が手にした盃は土器ではない。漆塗《うるし》りに螺鈿《らでん》が埋め込まれている。見事な細工であった。

(さすがは王族の高安王。器《うつわ》にも凝《こ》られている)

徳利《とっくり》は明らかに韓の青磁《せいじ》である。旅人はその徳利を目の高さに持ち上げ、形を愛《め》でた。

「那大津でも韓や唐の逸品が運ばれていようが、難波でも手に入る。もっともこれは貰い物だがな、ははは」

二人は盃を上げて、咽喉《のど》に流した。

「旨い！　久々に佳き酒を楽しめるわ」

と、王はご機嫌であった。

(久々に？)

旅人の心を読んだのか、王が続けた。

「懐が大きかった長屋王が薨去された後《のち》は、京師《みやこ》では酒宴も歌宴もないわ。――藤原一族は非道《ひどう》なことをした――と、民が冷ややかに見ていると、分かっているから、彼らは華やかな宴《うたげ》は催せないのだ。

もともと藤原は鎌足も不比等も、揃って政事《まつりごと》、謀略好きで無粋《ぶすい》よ。武智麻呂は、これまた律令の政治を名目に、歌舞音曲まで何かと制限した。つまらぬ世になったものよ……」

王は、苦虫《にがむし》を噛み潰したような顔をして、首を左右に振った。盃に酒を注ぎ、グイっと飲んだ。

「旅人、そちは大宰府への左遷に、さぞかし腹が立ったであろう。だが、物は考え様ぞ。遠《とお》の朝廷《みかど》、いや、そちの坂本の館で、梅花の宴、七夕の宴、酒を讃える宴など好きなように催せたではないか。そのうえ美しい遊行女婦《うかれめ》との艶《つや》やかな色恋……いろいろ京師《みやこ》に伝わっているぞ。羨《うらや》ましい限りじゃ……もっとも、反面には、藤原の眼を晦《くら》ます擬態でもあったと、余は見ていたがのう。なにしろ知恵者の憶良が、ともにいたからのう」

「さすがは王、お見通しでございます」

「その筑前も、作歌三昧。自選歌集の歌稿を増やしているとか……」

「仰せの通り、吾らはともによく詠みました」

「藤原一門、それに光明皇后は、――武将旅人と、碩学憶良を、長屋王から切り離し、太宰府へ追いやって、謀《はかりごと》は大成功であった――と、祝杯を挙げたと、小耳にはさんだ。ひどい奴らだ」

「左様でございましたか。聖武帝のご詔勅であれば、吾らの筑紫行きは致し方ありませぬ。確かに長屋王の件は、無念でございますが、しかし、仰《おお》せの通り、筑紫ではよいことも多々ございました。筑前守は前《さき》の東宮侍講。亦とない機会でしたゆえ、和歌の指導を受け、筑紫歌壇を創り、京師《みやこ》の宮廷歌壇に対抗して大いに燃えました。憶良と、後世に残る、あるいは残すべき歌を詠もうと、感じるままに作りました」

「そのことよ。噂に聞く憶良の歌集の構想は巨《おお》きいが、そちあっての憶良よ。二人、筑紫にあったのは、――かの地で歌を創れ――との天の命かもしれぬ。まっこと、そちらの筑紫歌壇は、飾り気のない心情吐露が多く、胸を打ち、魅力的だ」

「筑前守も王のお言葉を耳にすれば喜び、励みになりましょう。便りに入れておきます」

「うむ。……ところで旅人よ、人生は長いようで短い。はっはっは。年下の余が、老人のそちに説教するのは場違いだったな。酒に、歌に、女に、政事《まつりごと》に、燃ゆるときはまことに楽しいものだな」

高安王は盃を干し、話を続けた。

(三) 追懐　紀皇女《きのひめみこ》

「女といえば、そちも存じていようが、余は醜聞《しゅうぶん》多き年増の皇女《ひめみこ》に誘惑され、若気の至りでついつい見境なく燃えすぎて、皇女に大いに叱られたことがあった」

「人妻、それも帝《みかど》の側室でございました紀皇女様でございますな」

「そうだ。ついこの間のようだが、もう十年以上も前になるか……」

養老三年(七一九)春、高安王は、天武帝の皇女である紀皇女と密通した。

高安王三十一歳、紀皇女四十六歳であった。

当時、紀皇女は文武天皇の想い人、傍妻であった。文武天皇は天武天皇の孫になる。

――紀皇女が何故不倫に走ったのか――深い事情は後で述べる。

今はこの世にいない紀皇女を愛しむように、高安王は語り始めた。

「あの折、紀皇女は余との密通を、皇室の方々に責められた。余が、開けっ広げに間男ぶったことを大いに怒られて、一首歌に詠まれた。今となっては、怒られたことが懐かしゅうてならぬわ」

高安王は盃を空け、皇女の歌を朗詠した。


おのれゆゑ罵《の》らえてをれば驄馬《あをうま》の面高夫駄《おもたかぶだ》に乗りて来《く》べしや

「――高安王よ、お前のせいで帝から、もう逢引してはならぬと叱られているのに、人目をはばからず、のこのこと、おおっぴらに目立つ青駒に乗ってくるとは、何とお前は馬鹿か。情事は秘め事というのが分からぬのか――と、厳しく叱られたよ」

旅人は笑った。

「四国へ飛ばされましたな」

「その通りだ。怒り心頭に来ていた皇室の方々は、紀皇女から引き離すべしと、遠き伊豫の国守に余を任命された。体《てい》のいい追放だったな。しかし旅人、余はあの密通を後悔していないぞ。面白かった。楽しかった」

「紀皇女様は、表面では怒られているように詠まれていましたが、内心では高安王に惚れられていたのでは……」

「余もそう思っておるぞ。はっはっは」

「王が伊豫国に赴任と申しますか、左遷された時、皇女は一首詠まれていますな」

「そうだ。では朗唱しよう」


輕《かる》の池の汭廻《うらみ》行き廻《み》る鴨すらに玉藻《も》のうへに獨宿《ね》なくに

(紀皇女　万葉集　巻三・三九〇)


「――軽の池の岸のところを泳ぎ廻っている鴨でも、玉藻の上にただ一羽で寝るということはないのに、この私は独りで寝なくてはならない――と、余の伊豫赴任を寂しがったな」

高安王は、懐かし気に遠くを眺めていた。

(王もまた心底惚れていたな……)

と、旅人は感じ取っていた。

少し間を置いて、口を開いた。

「歌の中に、――軽の池の――と詠まれていますが、明らかに夫君であった軽皇子(珂瑠皇子)、今は亡き文武帝の譬喩《たとえ》でございますな。未亡人の紀皇女様は四十半ばの女盛り。王は三十過ぎの若さでございましたな。熱気がむんむん感じられます」

「ははは、その通りだ」

「王が伊豫に左降されて暫くして、紀皇女様は突然薨じられましたが……」

旅人は王の心中を忖度《そんたく》して、ちょっと口籠《くちご》もった。憶良の言葉を想い出していた。

――紀皇女は、皇籍は剥奪されなかったが、……内々死を賜ったかもしれず――

(と、申していたな。これは恋人だった高安王には口にすまい)

旅人は封印した。

高安王はゆっくりと盃に酒を注ぎ、その盃を手にしたまま、話を続けた。

「余にとっては、まさに青春の一齣《ひとこま》だったな。しかし皇女は、心の奥底に、何か虚《うつ》ろなものを抱え込んでいたのかもしれぬな。男と女が、素っ裸になって激しく燃え上がる行為の最中に、時折、異常な雰囲気に圧倒されたことがある。余の前にも、何人かの皇子や王と、浮名《うきな》を流されていたようだが……」

旅人は頷き、盃を目の高さに上げ、皇女に献杯して飲み干した。

第七帖　難波色懺悔　――その二　反骨の皇子――

大船《おほふね》のはつる泊《とまり》のたゆたひに物思《ものも》ひやせぬ人の子ゆゑに
（弓削皇子　万葉集　巻二・一二二）

（一）筆おろし

「これから申し上げます秘話は、物知りの筑前守から耳に入れた話でございます。まず憶良の伝言より始めます」

「よかろうぞ」

「憶良は『高安王はすでにご存じかもしれませぬが、吾らは老人なれば、今のうちに王のお耳に入れ、紀皇女様《きのひめみこ》のご心情をお祭し上げれば、良き追善供養になりましょう』と、前置きしました」

「そうか、憶良はそう申していたか。よかろう。今宵は昔の恋人、紀皇女の思い出話をもっとしよう。

憶良の情報を漏れなく余に語ってくれ」

高安王は徳利を取り上げて、体を乗り出し、旅人の盃に注いだ。平素は王に仕える女人が酌《しゃく》をする。

「恐縮でございます」

「構うな。盃を空けてゆっくり語れ」

酒豪の旅人は一気に干した。盃を置いた。

「では筑前守の口調をそのままに、敬称は略しまする」

「よかろう」

高安王は、旅人を碩学山上憶良に見立てて、聴講生の気分になっていた。


「紀皇女は美人の誉れ高く、ご生母の太蕤娘《おおぬのいらつめ》がご自慢にされていました。太蕤娘は、世間の評判が良くなかった左大臣蘇我赤兄《あかえ》の女《むすめ》でございます。蘇我の出自と申しても、分家でございます。太蕤娘は天武帝の夫人《ぶにん》としての序列は低うございました。したがって、天武帝が崩御された後は、持統皇后のご機嫌を取らねばなりませんでした」

「なるほど」

「持統皇后は、持統天皇として皇位に就《つ》かれました。しかし、ご愛息の草壁皇太子が急逝されましたので、そのご遺児、女帝にはお孫になる珂瑠《かる》（軽）皇子のご成長を楽しみにされていました。その珂瑠皇子の筆おろしの夜伽《よとぎ》に、太蕤娘は、ご息女の紀皇女を差し出されたのでございます」

筆おろしとは、男児が初めて女を知る、童貞を失う隠語である。

「左様であったのか」

「紀皇女は、どういう事情か、婚期を逸しておりました。多分、祖父赤兄の悪評ゆえでございましょう。当時、二十五、六歳でしたが、十歳ほど年下の少年の初体験のお相手をされたのです。少年珂瑠皇子は、甘美の世界を知りました。成熟している女性に、夜な夜な溺れました」

「さもありなん。まさに耽溺《たんでき》だったろう」

「これを知った藤原不比等は、――しまった！　一足遅れたか。しかし負けてはならじ――と、直ちに女《むすめ》の宮子を、珂瑠皇子の夫人《ぶにん》として差し出されました」

「なるほど。不比等は抜かりないのう」

「その通りでございます。藤原宮子は子供の時から眉目秀麗の美女。そのうえ才媛でございましたから、面食いの持統女帝と珂瑠皇子のお気に召しました。珂瑠皇子は、たちまち、若くぴちぴちと弾けるような乙女の宮子に夢中になりました。……年増の紀皇女は見捨てられました」

高安王は、二度三度と頷いた。

旅人は続けた。

「紀皇女は天武帝の皇女でございます。歳はいささか上でございますが、皇女としての矜持《きょうじ》は、人一倍強うございました。しかしご生母、太蕤娘《おおぬのいらつめ》が蘇我、それも壬申《じんしん》の乱で大罪人とされた赤兄の女のため、素性が卑しいとされました。紀皇女は珂瑠皇子、後の文武帝の妃でもなく、夫人でもなく、ただ帝の想い人、愛人という不安定な身分でございました。皇太子、後には帝《みかど》となられたお方から、閨房の相手に求められなくなった傍妻……紀皇女の面目を潰すような、理不尽な処遇でございました。精神的にも肉体的にも、悶々とした苦痛の日々であったろうと推察し、同情を禁じえません」

「それで紀皇女は、弓削《ゆげ》皇子や石田王《いわた》、そして余とも密通を繰り返されたのか」

「左様でございます。特に弓削皇子とは同年であり、年若い宮子夫人と、珂瑠皇子こと文武帝への反撥もあって、お二人は不義の恋に激しく燃えました」

「紀皇女が、持統女帝から疎《うと》まれたように、弓削皇子もまた女帝から嫌悪されていた存在だったからな」

「その通りでございます。では憶良から聞きました物語を……」

（二）反骨の皇子

弓削《ゆげ》皇子。

天武天皇の第九皇子。兄は長皇子《ながのみこ》。母は天智帝の皇女、大江皇女である。紀皇女とは異母兄妹になる。しかし、大江皇女もまた、持統女帝からは卑母系と見下されていた。母方の祖父は、忍海造小竜《おしぬみのみやつこたつ》。地方豪族にすぎないからである。

右大臣だった倉山田石川麻呂を外祖父とする鸕野讃良《うののさらら》皇女・持統女帝にとって、貴族の出自でない皇子や皇女は皇嗣の対象になかった。その中で持統女帝は、不比等を天智帝の落胤ゆえに身内と考えた。

持統女帝の皇統意識を、憶良は旅人に血統図で示した。

紀皇女と皇子たち

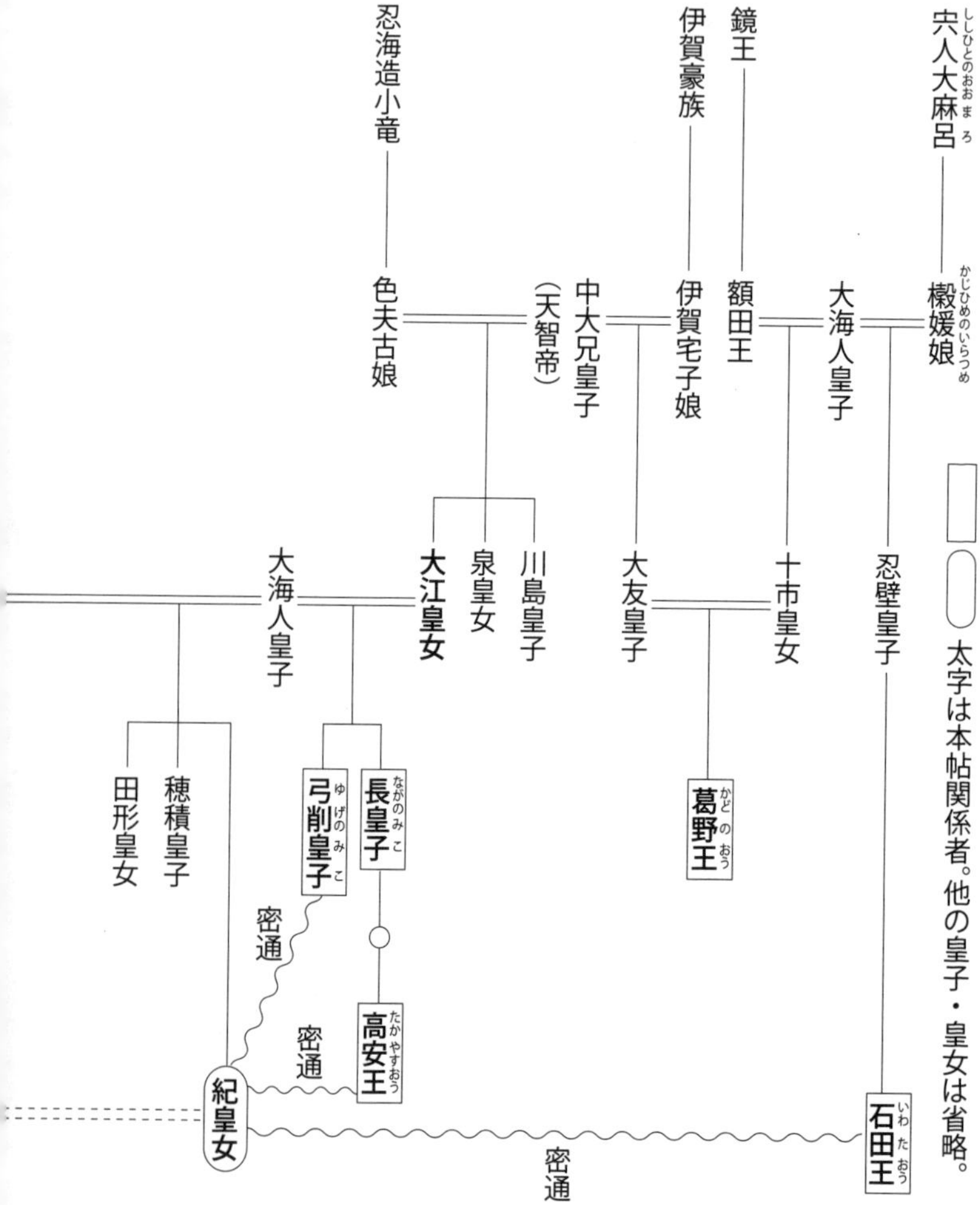

□ ◯ 太字は本帖関係者。他の皇子・皇女は省略。
宍人大麻呂《ししひとのおおまろ》
鏡王
伊賀豪族
忍海造小竜
檝媛娘《かじひめのいらつめ》
大海人皇子
額田王
伊賀宅子娘
中大兄皇子（天智帝）
色夫古娘
忍壁皇子
十市皇女
大友皇子
川島皇子
泉皇女
大江皇女
大海人皇子
葛野王《かどのおう》
長皇子《ながのみこ》
弓削皇子《ゆげのみこ》
穂積皇子
田形皇女
高安王《たかやすおう》
密通
密通
紀皇女
密通
石田王《いわたおう》

持統女帝の皇統意識

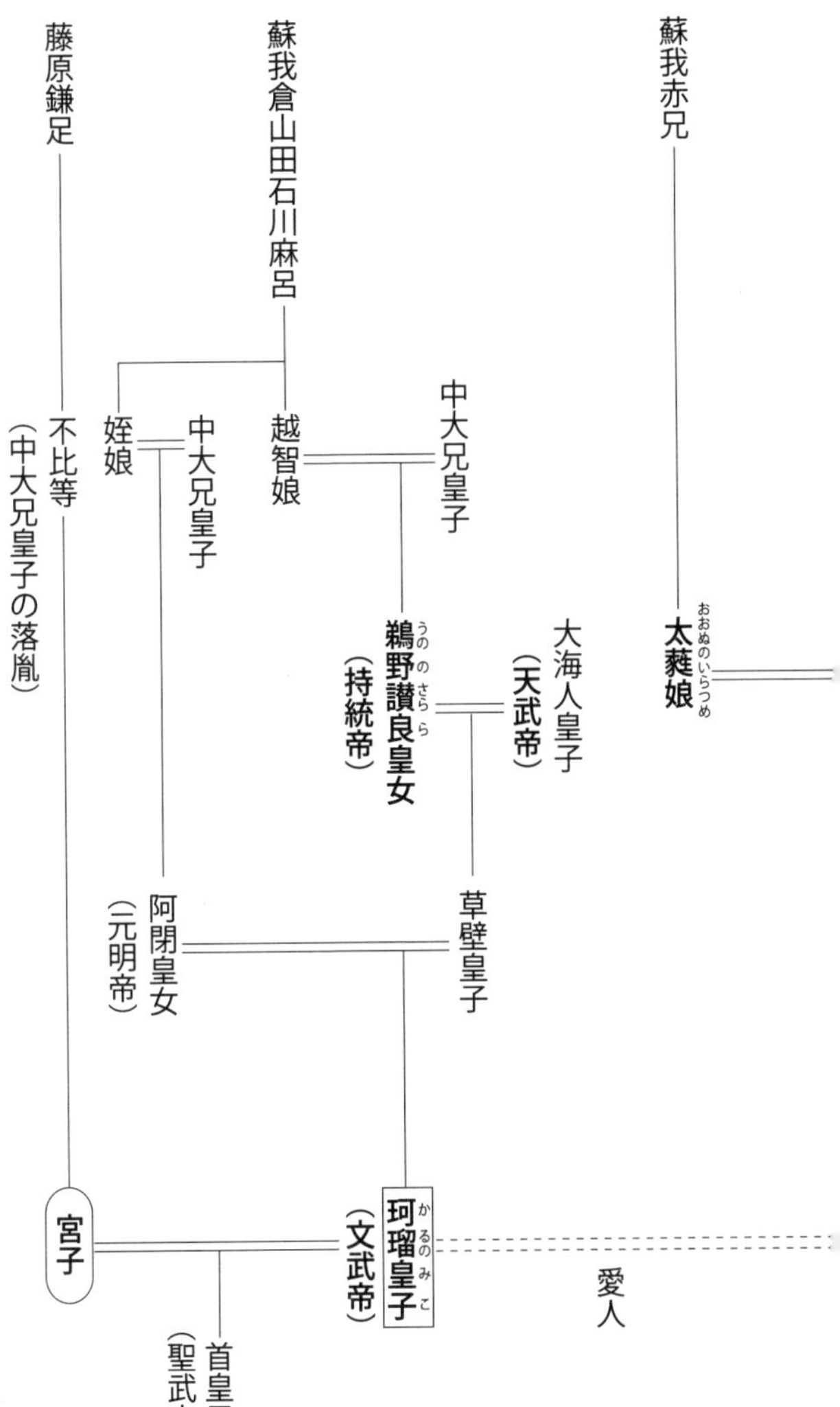

一方、長皇子や弓削皇子には、——母は天智帝の皇女であり、自分たちは天武帝の皇子である——との自負心があった。壬申の乱の時には、長皇子は七歳、弓削皇子は五歳であり、近江を離れ、母と震えていた。戦乱は父・大海人皇子軍の勝利となり、安堵した。

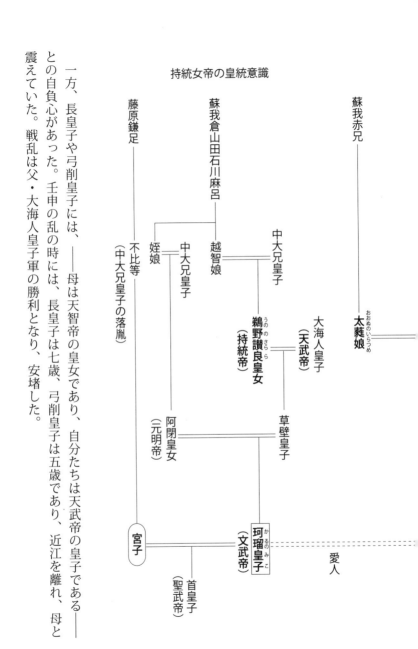

天武八年（六七九）五月、天武帝は持統皇后と皇族の主な皇子六名を伴って、吉野へ行幸した。天武帝の皇子は、草壁、大津、高市、忍壁。天智帝の遺児は、川島、志貴の二人の皇子であった。この時――兄弟は結束して争いはしない――との「吉野の盟約」が厳《おごそ》かに誓約された。

この時、十四歳となっていた長《なが》皇子、十二歳の弓削《ゆげ》皇子は、皇后から参加を求められていなかった。天武の皇子であるのに、皇后から無視されていた。皇位後継者となる候補者から、すでに除外されていたのである。

宮廷ではいつしか天武帝の存在は薄くなり、持統皇后の支配力が強くなっていた。長皇子と弓削皇子は、日陰者のようにひっそりと暮らしていた。

その弓削皇子が、宮中で存在感を示し、同時に、持統上皇の怒りを買い、新たな疎外を招く大事件が、十八年後に起きた。

「吉野の盟約」から「その事件」までの皇統をめぐる動きを、時系列で示そう。

天武八年（六七九）　吉野の盟約。草壁皇子、序列一位。
天武十年（六八一）　草壁皇子、立太子。
天武十二年（六八三）　大津皇子、国政参加。草壁皇子の子、珂瑠皇子誕生。
朱鳥元年（六八六）　忍壁《おさかべ》皇子失火により失脚。
天武帝崩御。称制持統天皇。
大津皇子謀殺（処刑）。川島皇子密告の噂で失脚。

持統三年（六八九）　草壁皇太子病没。

愛息、草壁皇子の病死で、持統女帝は悲嘆にくれた。しかし、彼女の新しい夢は草壁皇子の遺児、珂瑠皇子に譲位することであった。――それまでは自分が皇位を死守する。皇位継承候補者はすべて潰す！――との固い決意をした。

持統四年（六九〇）　持統天皇即位。高市皇子太政大臣。
持統五年（六九一）　川島皇子薨去。
持統十年（六九六）　高市皇子薨去。

武将としては壬申の乱の総指揮官であり、政治家としては藤原京の設計遷都の功績者であり、「吉野の盟約」では皇位継承第三順位にあった高市皇子は、大津皇子と草壁皇子の薨去で、第一順位にあった。太政大臣は、皇位継承の序章とみられていた。しかし、突如急逝された。宮廷に様々な憶測が流れた。

――「吉野の盟約」で生き残っているのは、忍壁皇子と志貴皇子の二人だけだ――
――忍壁皇子は弟の磯城《しき》皇子が、宮中で失火した責任を取らされて、失脚している――
――志貴皇子は、ご生母が越道伊羅都売《こしのみちのいらつめ》であり、卑母のため皇位候補にならぬと――
――では誰を皇太子にするのか？――

持統女帝は、親王や大夫《たいふ》（五位以上の貴族）たち高官を、禁中に招集した。

大夫たちは白《しら》けていた。誰も発言しない。

――どうせ持統女帝の腹は決まっているはずだ。滅多なことを申せば、大津皇子やその他の皇子たちのように、女帝の策謀で若死にすることになりかねない。沈黙が金だ――

静寂な時が流れた。

その沈黙を破るかのように、一人の若い皇子が立ち上がった。

声にならない驚きで、朝堂がどよめいた。

立ち上がったのは葛野《かどの》王であった。


葛野王。

今は持統女帝、壬申の乱の当時は鵜野讃良《うののさらら》妃、が夫君、大海人皇子とともに戦った敵方、大友皇子の遺児であった。母の十市《とおち》皇女も自害し世を去っていた。乱の後は、ひっそりと暮らしていた。

一同は固唾《かたず》を飲んで、葛野王を見つめた。

王は持統女帝に深々と頭を下げ、おもむろに発言した。

「わが国家では、神代《かみよ》以来、子孫が相受けて、皇位を継いでいます。兄弟相続は争いの種でございます」

と、暗に故草壁皇子の遺児で、持統女帝には直系の孫になる珂瑠《かる》皇子の立太子を推した。

――葛野王は、壬申の乱で敗死した大友皇子の遺児だ。女帝に媚《こび》を売らねば、いつ消されるか分からない、苦しい立場にあるからな――

朝堂に冷ややかな空気が溢れた。


別の皇子が立ち上がった。

「異論がございます」

と、大きな声で発言があった。

再び朝堂がどよめいた。視線が集まった。

平素は全く目立たない弓削《ゆげ》皇子であった。

弓削皇子。

――父は天武帝、母は天智帝の皇女、大江皇女――との血統から、当然発言できる立場にあるとの自負心があった。それゆえに、平素、持統女帝の専横が我慢ならなかった。

――少なくとも、吾が兄、長皇子《ながのみこ》は、天武帝の遺児として、皇太子の候補の一人に選ばれてもよいはずだ。複数の候補者から適切な皇子を選ぶのが、大夫まで集めた朝議ではないのか……誰も発言しないのであれば、吾が……――


大夫たちが驚いた途端、さらに大声が轟《とどろ》いた。

「黙れ！　座れ！　慎め！」

必死の形相《ぎょうそう》で怒鳴ったのは、再び葛野王であった。

二人は、いずれも、父と母に天智帝と天武帝、両帝の血を受けている皇子と王である。

（弓削皇子に発言させじ）

と、葛野王は血相を変えていた。

——吾の発言は、持統女帝の命による、仕組まれた芝居なのだ。……弓削皇子が、珂瑠皇子の立太子案に異議を唱えれば、台無しになる。天智帝、大友皇子の血統に連なる吾は、直ちに、持統女帝に失敗を咎《とが》められ、命を奪われる。…………邪魔者は困る——

葛野王の激しさに圧倒されて、弓削皇子は唇を噛んで座った。

異常な沈黙が朝堂を覆った。


（天武帝は皇子には恵まれていたが……複雑だな……。他の直系の皇子たちは、どう発言するのであろうか？）

大夫たちの脳裏に、十名の皇子たちと生母の名が、瞬時に浮かび上がる。

草壁皇太子　薨去（病死）（天智帝の皇女　鸕野讃良《うののさらら》皇女・持統女帝）
大津皇子　薨去（刑死）（天智帝の皇女　大田皇女）
高市《たけち》皇子　薨去（暗殺？）（宗像君徳善の女　尼子娘《あまこのいらつめ》）
忍壁《おさかべ》皇子　失脚（失火）（宍人大麻呂の女　檞媛娘《かじひめのいらつめ》）
磯城《しき》皇子　失脚（失火）（　〃　　〃　）

舎人《とねり》皇子　（天智帝の皇女　新田部《にいたべ》皇女）
新田部《にいたべ》皇子　（藤原鎌足の女　五百重娘《いおえのいらつめ》）
長《なが》皇子　（天智帝の皇女　大江皇女）
弓削《ゆげ》皇子　（　〃　　〃　）
穂積《ほづみ》皇子　（蘇我赤兄の女　太蕤娘《おおぬのいらつめ》）

――弓削皇子の発言で、長皇子は候補から消えたな――

――新田部皇子は十六歳で若い。そのうえご生母は鎌足卿の女《むすめ》だ。無理だろう――

――穂積皇子もご生母が、罪人の赤兄の女ではな。候補にならぬ――

――残るは血筋の良い舎人皇子のみだ。歳も二十一歳でまずまず――

しかし、誰も舎人皇子を推さない。舎人皇子も顔を伏して、背を丸めている。

沈黙が続いた。


やおら後方の席で、一人の大夫が立ち上がった。

判事、長広弐《ちょうこうに》（従四位下）の藤原不比等であった。

鎌足の次男として育てられたが、実父は中大兄皇子、即ち天智帝であることは知れ渡っている。生母は鏡王女。額田王の姉である。

壬申の乱には加わらず、近江派の田辺史大隅《たなべのふひとおおすみ》の館に匿《かくま》われていた。養父鎌足を支えていた中臣《なかとみ》氏族は、罪人として追放されていたから、後ろ盾はない。田辺大隅の姓《かばね》、史《ふひと》を名にして、天武帝の崩御後、持統皇后の前に現れ、異母姉弟の絆を深めていった。法律の知識の実力もあり、従四位下の貴族となっていた。

――天智帝の隠し子が、何を言うのか？――

大夫たちが注目した。

不比等は、ゆっくりと前に歩み出た。

「葛野王《かどの》の発議《ほつぎ》の通りでございます。皇位を争って、わが国を二分してはなりませぬ。その悲劇は、吾らが人一倍味わっております。今、わが国は、唐に学び、国家建設に力を入れねばなりませぬ。天武帝、持統帝と善政が続いていますが、不幸にして『吉野の盟約』の皇太子、草壁皇子を病で失いました。しかし、皇子の遺児、珂瑠《かる》皇子は今十四歳。見事に成長されています。それゆえ、可及的速《すみ》やかに、できれば来年春、正月に立太子されることを、茲《ここ》に提案致します。お若いと申される方々も多いと承知しています。その若さは、吾ら大夫たちが輔佐すれば足ります。舎人皇子様、志貴皇子様、そのほかの皇子様方、ご異存ござりませぬか……」

天智の落胤、持統天皇の異母弟、不比等の発言は、堂々としていた。

「異議なし！」

大夫たちの同意と拍手は、朝堂に満ちた。

不比等が、持統女帝に貸しを作り、深い信頼を得て寵臣となった瞬間である。

弓削皇子は、この朝議から以後、持統女帝に睨《にら》まれた。明らかに干された。大夫たちも官人たちも避けた。

珂瑠皇子の筆おろしの相手はしたが、不比等の女《むすめ》、宮子に皇子の寵愛を奪われ、鬱屈《うっくつ》していた紀皇女と、弓削皇子の日陰者同士は、密通した。

二人は、欲求不満を、日陰の恋と肉欲に燃焼した。

（三）日陰者の恋歌

旅人の、高安王への説明は終わった。

「そうであったか。さすがは憶良だ。調べが行き届き、理路整然として、理解しやすい。それにしても弓削皇子と紀皇女の密通は、やるせないのう」

「憐憫《れんびん》の情が湧く――とは、このことでございます」

「たしか弓削皇子が紀皇女を想う恋の歌があったのう」

と、高安王が旅人に尋ねた。

「はい。四首ございます。それでは久々に唱いますか」

旅人は立ち上がった。腰に手を当て、音吐朗々、詠唱した。

（万が一、館の内に藤原の候が聞き耳を立てていても、和歌の宴《うたげ》と思うであろう）

との醒《さ》めた計算をしていた。

吉野河行く瀬の早みしましくもよどむことなくありこせぬかも

（弓削皇子　万葉集　巻二・一一九）

――吉野川の瀬の流れが速く、一瞬たりとも淀むことのないように、わが恋もこのように一途でありたいものだ――

「紀皇女が人妻ゆえに、思うに任せぬ恋だったからこそ、詠めた歌だな。余は弓削皇子の心境がよく分かるわ」

と、高安王がしみじみと述懐した。

「では次に……」

吾妹子《わぎもこ》に戀つつあらずは秋萩《はぎ》の咲きてちりぬる花ならましを

（弓削皇子　万葉集　巻二・一二〇）

――吾が恋人紀皇女に恋い苦しんでいないで、秋萩のように美しく咲いて、さっと散っていけばいいものを、そうもいかぬが恋か……――

「まことに屈折した心境をうまく詠んでいる。余には分かるが、旅人にはどうかな？」

旅人は苦笑いして首を振った。

夕さらば潮《しほ》満ち来《き》なむ住吉《すみのえ》の浅香《あさか》の浦に玉藻刈りてな

（弓削皇子　万葉集　巻二・一二一）

――夕暮れになれば潮が満ちてくるであろう。その前に住吉の浅香浦の玉藻を刈ろう――

「夜になって珂瑠皇子が突然訪れることがあるかもしれぬから、その前に皇女を抱いて、自分のものにしたい……という弓削皇子の熱烈な想いだな」

高安王はそう言って盃を空けた。

「夕と浅香の朝を対比させ、皇女を玉藻に例えて詠むなど、譬喩《ひゆ》が実に見事でございます。では四首目に参りましょう」

大船《おほふね》のはつる泊《とまり》のたゆたひに物思《ものも》ひやせぬ人の子ゆゑに

――大船が泊まる港に、波が揺れているように、私の心も揺れて、物思いに悩み、やせてしまった。それはあなたが人妻だからだ――

「まっことその通りよ。旅人よ、人妻に恋するほど燃ゆる想いはないぞ」

「左様でございますか。……『紀皇女は、弓削皇子から熱烈に愛された証《あかし》のこの四首を、大事にされていた』との筑前の解説でございました」

「紀皇女の方の気持ちも、余にはよく分かる」

と、高安王が同意し頷いた。

旅人が声を潜《ひそ》めた。

「弓削皇子は文武三年（六九九）七月、流行病《はやりやまい》で薨じられました。紀皇女は悲嘆にくれましたが、病ばかりはどうしようもありませぬ。……と、それがしも同情していましたが……」

「が……とは？」

「筑前は『珂瑠皇子の側室との不倫ゆえに、毒殺されたかもしれませぬ』と、申していました」

「そうか、憶良はそう申していたか……」

「ご生母の大江皇女も、後を追うようにその年の十二月に薨じられております……」

「持統上皇にとっては、天武帝の皇子であり、天智帝の皇女を生母とする弓削皇子が、珂瑠皇子の立太子に異議を唱えたことを、相当腹立たしく思っていたことだろう。それだけでなく、珂瑠皇子、文武帝もまた病弱だったから、大津皇子の時と同じように、皇位が脅《おびや》かされる惧《おそ》れを持たれていたのだろう。……ありえたことだ……」

「筑前もそう申しておりました」

旅人は、高安王の鋭い読みの深さに感服した。

「初体験からの傍妻、紀皇女を寝取った大胆な弓削皇子を、文武帝即位三年にして、抹殺した持統上皇は恐ろしい方だったのう」

「天智帝と鎌足の主従関係と同様に、持統女帝と不比等の新しい主従も、謀殺が多うございます」

「今は……長屋王を謀殺した光明皇后と武智麻呂らに要注意だのう……」

「御意《ぎょい》」

二人はお互いに目と目で合意していた。

ゆっくりと盃を飲み干した。

(四) 古《いにしえ》に恋ふる鳥かも

「筑前はこうも申しておりました。『弓削皇子が若い頃、吉野から額田王に贈られた歌もまた、持統女帝の反感を買っていたに相違ない』と」

「ほう。憶良がそちにどう説明したのか聞きたいのう。あれは確か持統四年か五年(六九一)の夏の吉野宮行幸の折であったな」

「左様でございます。弓削皇子はまだ二十代の若さ。一方、額田王は六十数歳の老女でございました。

いにしへに戀ふる鳥かもゆづる葉の御井の上より鳴きわたり行く
(弓削皇子　万葉集　巻二・一一一)

──過ぎ去った昔を恋い慕《した》う鳥なのでしょう。吉野宮近くにある譲葉《ゆずるは》の泉の上を、鳴きながら大和の方へ渡っていきます──

額田王はすでに老境にあった。再婚の亡き夫天智帝、壬申の乱で落命した娘婿の大友皇子、悲運をはかなんで命を絶った愛娘、十市《とおち》皇女の菩提を祈る静謐《せいひつ》の日々を送っていた。

弓削皇子の歌は、意味深長で、感慨に耽《ふけ》った。

すぐに歌で和《こた》えた。

いにしへに戀ふらむ鳥はほととぎすけだしや鳴きし吾が思《も》へるごと

（額田王　万葉集　巻二・一一二）

――貴方の仰《おつしや》る昔を恋い慕う鳥はほととぎすです。私が今は亡き帝を恋い慕っていると鳴きはしませんでしたか――

「筑前の解説を続けます。『吉野で――いにしへ、恋、譲る――を詠みこんで、しかも額田王に贈れば、天武帝と額田王の切ない別れが真っ先に想い出されます。しかし、それがしは、もう少し深読みしました。ゆずる葉の木は、古い葉が落ち、新しい葉に一斉に入れ替わるので、――譲葉――と書きます。――ゆずる葉――に、父君天武帝がまだ大海人皇子時代に、兄の中大兄皇子に正妃額田王を譲った故事はもちろんですが、弓弦《ゆづる》、つまり壬申の乱の武力蜂起、大友皇子から大海人皇子への悲劇的な皇位譲渡まで含ませた、――複雑ないにしへ――であろう』と申していました」

「なるほど」

「筑前はさらに深い解釈をしていました」

「ほう。何と」

「そのままお伝えしますと、『弓削皇子は天武帝の皇子です。しかも、皇太子の草壁皇子が持統三年（六八九）に薨去されていますので、この吉野行幸の頃は、皇位継承問題が群臣間で密かに話題になっていました。持統女帝にとっては、父天智帝、中大兄皇子が額田王を奪ったことや、夫大海人皇子が額田王の娘婿、大友皇子を自害に追い込んだ――いにしへ、壬申の乱――に触れてもらいたくありませんでした。ましてや愛児草壁皇子が病死して間もないので、皇位を譲るとも受け取られる――ゆずる――は、禁句でした。したがって、世人には好評であった若い皇子と隠棲の老美女との爽やかな相聞歌は、持統女帝には痛烈な批判に受け取られたのではないか』と申していました」

「そうか。壬申の乱の際に大海人皇子軍に参加した豪族たちや子孫の中に、――戦後二十年経ってみると、最初から、すべてが鵜野讃良皇女、持統女帝の権勢欲に操《あやつ》られていたのではないか――と、囁《ささや》く者もいた。弓削皇子は天武帝の皇子だけに、弓弦ではない、常識的、合理的な皇位譲渡を望み、ご苦労されて話の分かる額田王に、さりげなく懐古の歌にして、心境を吐露されたのか。……」

「筑前もそう申していました」

「旅人、そちも承知の通り、余は皇籍上では川内王の子となっているが、実は長皇子の子だ。弓削皇子は叔父になるので、他人事ではない。複雑な心境だな」

旅人は返す言葉がなかった。盃を重ねた。

徳利の酒が切れた。王が呼鈴《これい》を振った。

旅人は酒杯を置き、間をとった。

「筑前の話では『弓削皇子は持統女帝に消されることを平素から覚悟されていた』とのことでございます」

「何と。死を予期されていたと？」

「筑前が示したのはこの歌でございます」

と、旅人がしんみりと朗唱した。

瀧の上《うへ》の三船《みふね》の山にゐる雲の常にあらむとわが思《も》はなくに

（弓削皇子　万葉集　巻三・二四二）

――吉野川の激流の瀧の上の、三船山にかかっている雲のように、いつまでも吾はこの世にあろうとは思っていない――

「朝堂でのご発言は、命を懸けたものであったか。……しかし、弓削皇子が、兄の長皇子の名を出す前に、葛野王が必死で止めた判断と、行動も、見方を変えれば見事だな。これにより、わが父祖、長皇子と、葛野王は生きながらえた。その結果、今、余がある」

「後に長皇子は、弓削皇子への挽歌とも思える歌を詠まれました」

「それは余が朗唱しよう」

丹生《にふ》の河瀬は渡らずてゆくゆくと戀痛《こひた》し吾弟《わがせ》いで通《かよ》ひ来《こ》ね

（長皇子　万葉集　巻二・一三〇）

――急流の丹生の河の瀬は渡らずに、まっすぐどんどん通ってきてくれ。恋しさに心が痛む（今は亡き）吾が弟よ――

「兄思いの熱血歌人、弓削皇子。弟思いの長皇子であったな」

「はい。長皇子は文武に優れ、穏やかな人柄で、柿本人麻呂も褒めていました」

「そうか。話が長皇子の方にそれたが、今宵は吾が愛した紀皇女の追悼の宴ぞ。新しい徳利も来た。皇女の艶話《つやばなし》に戻ろう」

豪快な高安王であった。

「では長皇子と弓削皇子のご冥福を祈って献杯し、紀皇女と石田《いわた》王の恋に参りましょうか」

第七帖　難波色懺悔　――その三　命懸けの密通――

逆言《およづれ》の狂言《たはごと》とかも高山の巖のうへに君が臥《こや》せる

（丹生王　万葉集　巻三・四二一）

（一）政情激変

衆人の上に立つ者はよく食べる。食欲の細い者が、人の上に立つことは少ない。

高安王と旅人の前には、王邸膳部の調理人心づくしの山海の珍味が並べられていた。

しかしこれまで話が弾み、酒が追加され、皿も鉢も、見事に空になっていた。

高安王が呼鈴を振った。徳利がさらに数本運び込まれた。

「さあ、紀皇女に献杯し、追悼の艶話を続けようぞ」

酒豪とはこの二人を言うのであろう。酒に酔ってはいるが、意識も記憶も、理解力も変わりない。

「では石田王《いわた》と紀皇女との恋愛に移りましょう。当時の政情の激変と関りが深いので、少し整理しておきましょう」

「はっはっは。旅人は随分憶良に感化されたな。では余が生徒で聴講しようぞ」

旅人は苦笑いして、一礼した。

「復習方々、先ほど話題にしました持統十年（六九六）七月、高市《たけち》皇子急逝後の朝議から始めましょう。持統女帝はかねてより葛野王《かどの》を半ば脅迫して、愛孫珂瑠《かる》皇子の立太子を推すように根回ししていました。葛野王は保身のため、『珂瑠皇子が皇太子になるべし』と朝議でぶちました。ところが弓削《ゆげ》皇子の『異論あり』との発言は、女帝の肝を冷やし、怒りを生みました。筋書きが壊れそうになった窮地を救ったのは、群臣が予想もしなかった藤原不比等の、珂瑠皇子立太子支援の大演説でした。これにより、翌文武元年（六九七）珂瑠皇子は皇太子になり、さらに譲位により、あっという間に文武天皇となりました」

「うむ」

「不比等は功により中納言に抜擢され、女《むすめ》の宮子を夫人《ぶにん》として後宮に送り込むことに成功しました。その後、有力貴族の女、石川刀子娘《とねのいらつめ》や紀竈門娘《かまどのいらつめ》が、格下の嬪《ひん》として入内《じゅだい》しました。この結果、肩書のない年増の紀皇女は、傍らに押しやられ、いわば飼い殺しのようなつらい立場になりました」

高安王はゆっくりと盃を傾けていた。

「間もなく弓削皇子と紀皇女が密通し、それが露見。文武三年（六九九）、弓削皇子は謀殺されました。

この頃朝廷には大きな変化が進んでいました。脇道にそれるようですが、石田王事件の理解には必要なことなので……」

「ほう、それは？」

約三十年前、高安王の幼い頃である。盃を持つ王の手が停まった。

「宮廷歌人で持統女帝の寵臣、筑前は愛人と申していましたが、柿本人麻呂が次第に女帝から疎《うと》んじられていました。政事《まつりごと》は持統上皇と不比等で進められていきました」

「――人麻呂は草壁皇子の舎人《とねり》となって以来、持統女帝には随分目を懸けられていた――と聞いていたが……」

「それは前半生でございます。時代が激変したのは、大宝元年（七〇一）でございます」

「対馬から金が出たので年号は大宝と改元された」

「白村江《はくそんこう》の惨敗以来途絶えていた大唐との国交回復のため、実質四十年ぶりに遣唐使節が任命され、無位の憶良が録事に抜擢されました。使節派遣の陰には、不比等が中心になって編纂した新しい律令、大宝律令が完成したからです。不比等はやはり傑出した巨人でした」

「余は幼年であったが、その後学問所で続日本紀を学んだので、覚えておるわ」

「大宝律令の制定と遣唐使の復活派遣という政事の大事業とともに、持統上皇と不比等がともに喜んだのが、二人の嬰児《みどりご》の誕生でした。上皇の孫、文武帝と宮子夫人の間に、首《おびと》皇太子（後の聖武天皇）が生まれました。一方、不比等の方には、後妻の県犬養橘三千代《あがたいぬかいたちばなのみちよ》との間に安宿媛《あすかべひめ》（光明子、後の光明皇后）が授かりました」

「そうであったな」

「期待していた草壁皇子を若くして亡くされた持統太上天皇にとって、愛孫文武帝の後継者ができたと、大変なご機嫌でした。宮子夫人の父である不比等にとっては、首皇太子が皇位を継承すれば、外戚として絶大の権力を掌中にできます。それゆえ、宮子夫人以外の嬪や傍妻、あるいは采女、官女などの皇子を産ませてはなりませぬ。石川刀子娘と紀竈門娘は、間もなく後宮から姿を消しました」

「不比等の謀略か？」

「はい。しかし蘇我赤兄の孫になる紀皇女は、天武帝の皇女ですから、追い出しはできませぬ。そのまま後宮に残りました。宮子は若いうえに閨房の秘技にも熟達していたのか、文武帝が紀皇女の部屋を訪れることはありませんでした」

（さぞかし辛かっただろうな……）

　高安王は、空閨《くうけい》に過ごさねばならなかった当時の紀皇女の心中に、同情を禁じえなかった。

「翌大宝二年（七〇二）六月、憶良たち遣唐使節は出港しましたが、十二月中旬、持統上皇は病に伏し、二十二日、遂に波乱万丈のご生涯の幕を閉じられました」

「男勝りの勝気な上皇であったのう。五十八歳だったか」

「はい。持統上皇が亡くなられると、すぐに、不比等は人麻呂を宮中から地方へ追放しました。人麻呂の人生は今夜の話題ではございませぬので、後日……」

「憶良が帰任したら、三人で追悼の宴を持とう」

「はい」

後日談であるが、憶良が帰任前に旅人が長逝したので、この人麻呂追善供養の酒宴は実現しなかった。

「持統上皇は、曽孫首皇子の誕生にご安心されましたが、五年後の慶雲四年（七〇七）愛孫文武帝が、まさか二十五歳の若さで薨去されようとは、夢想だにしなかったでしょう。紀皇女は三十四〜五歳の女盛りでした」

「持統上皇は、愛息草壁皇子、愛孫文武帝（珂瑠皇子）を、いずれも二十代央《なか》ばで亡くされた。——天罰だ——との陰口が、宮廷内外で囁かれたそうだな」

「その通りです。大津皇子事件、高市皇子の急逝、弓削皇子の薨去、人麻呂の追放……と、続きましたから。持統上皇が願望していました曽孫、首皇子はまだ七歳の幼児でした。皇位はもとより、皇太子即位も無理でございます」

「宮廷は騒然としたであろうな」

「はい」

そう応えて、旅人は酒杯を口に運んだ。

（一息間をとるのは、憶良殿の癖であったな）

旅人は憶良を真似る己に苦笑いしていた。

おもむろに懐から憶良にもらった皇統系図を取り出し、高安王に渡した。

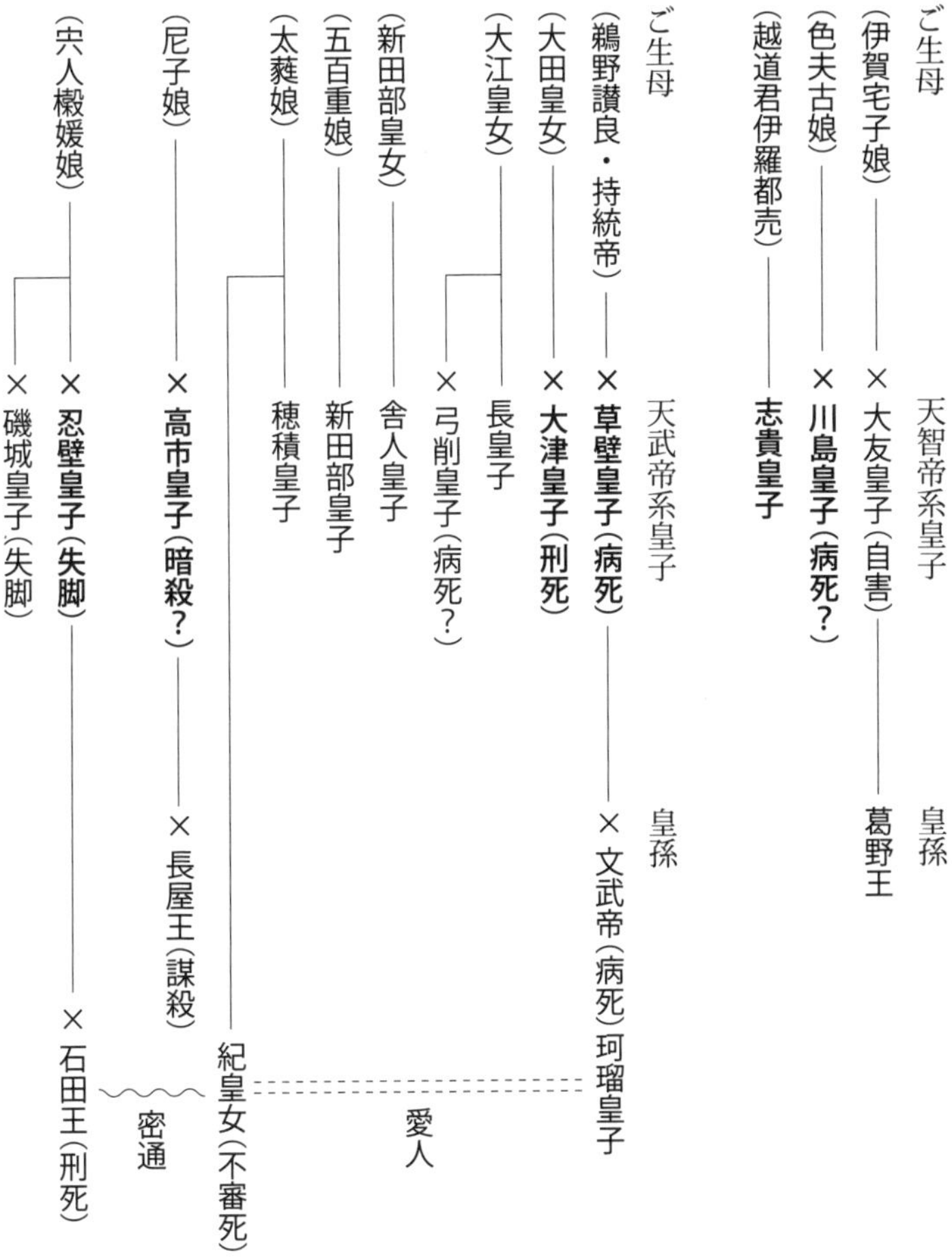
ご生母
天智帝系皇子
皇孫
(伊賀宅子娘)
×大友皇子(自害)
葛野王
(色夫古娘)
×川島皇子(病死?)
(越道君伊羅都売)
志貴皇子
ご生母
天武帝系皇子
皇孫
(鸕野讃良・持統帝)
×草壁皇子(病死)
×文武帝(病死)珂瑠皇子
(大田皇女)
×大津皇子(刑死)
(大江皇女)
長皇子
×弓削皇子(病死?)
(新田部皇女)
舎人皇子
(五百重娘)
新田部皇子
(太蕤娘)
穂積皇子
紀皇女(不審死)
愛人
(尼子娘)
×高市皇子(暗殺?)
×長屋王(謀殺)
密通
(宍人櫢媛娘)
×忍壁皇子(失脚)
×石田王(刑死)
×磯城皇子(失脚)

「ご覧ください。当時の天智帝と天武帝の皇位継承者一覧表です。これまでに亡くなられた方や失脚者には×を付けています。吉野の盟約の六皇子は太字です」

「この時天武帝の皇子や王で四名の方が、群臣の噂に上がりました。穂積《ほづみ》皇子、舎人《とねり》皇子、新田部《にいたべ》皇子と、高市皇子の長子長屋王でした」

「なるほど」

「穂積皇子は高市皇子の後任として、知太政官事（太政大臣）に任命されており、地位は高かったのですが、紀皇女の実兄で、生母が壬申の乱の罪人、蘇我赤兄《あかえ》の女《むすめ》、太蕤娘《おおぬのいらつめ》ゆえに、皇位には無理がありました」

「当然だ」

「新田部皇子は当時二品《ほん》（民臣では正二位）でしたが、生母は藤原鎌足の女、五百重娘《いおえのいらつめ》であり、かつ彼女は不比等と再婚していますので、候補になりませぬ」

系図を見ながら高安王が頷いた。

「血筋から申しますと、生母が天智帝の皇女、新田部皇女の舎人皇子と、天武帝直系の皇孫で、生母は天智帝の皇女、御名部《みなべ》皇女、妃は吉備《きび》内親王の長屋王の二人が、有力とみなされました」

「持統上皇流の卑母かどうか——で消去していけば、舎人皇子と長屋王の二人になるのは当然だな」

「大夫たちの意見がそのように傾きかけた時、大納言となっていた実権者の不比等が、予想もしない案を朝議に諮《はか》りました。——故持統太上天皇の異母妹《いもうと》で、故草壁皇子の妃、すなわち亡くなられた文武帝のご生母、阿閉《あへ》皇女を、天皇として推戴すべし——との奇策でした。この頃、不比等の眼光は、実の父、中大兄皇子・天智帝にそっくりで、人心を突き刺す鋭さと、冷たさがありました。朝議の高官たちは震えて、たちまち同意しました」

「元明女帝が即位された」

「そうです。――先帝の生母が皇位を継承した――というのは、わが国の歴史では初めての事例です。これは持統上皇が不比等に――皇統はいかなることがあっても妾の血が流れている者に継がせる。あらゆる対策を想定しておくように――と遺言していたからです。未亡人となった宮子夫人は、首皇太子の産後、重い気の病いでした。紀皇女は、為すこともなく、後宮で悶々《もんもん》と過ごされていました」

高安王は系図を置き、盃を干した。

(二) 石田王との熱愛

「文武帝崩御後三年経った和銅三年(七一〇)、平城京へ遷都しました。新しい奈良の京師《みやこ》は明るさに溢れていました。紀皇女は三十七～八歳だったでしょうか。しかし、女性は実年齢ではございませぬ。紀皇女は二十代の央《なか》ばとも見間違える容姿でした」

「ウッフフフ。その頃余は二十歳過ぎだった。垣間見る紀皇女は、まっこと美人であったわ」

「皇女に惚れたのが、十歳ほど年下の石田王《いわた》でございました。持統上皇が女帝時代に、飛鳥浄御原宮の火災の責任を問われて、女帝から嫌われていた忍壁皇子の王子です。石田王と紀皇女は激しく燃えました」

「その石田王もまた悲惨な最期を遂《と》げられた。……余が二十二～三歳の頃だった」

「その通りでございます。二人の密通は二年ほどでしょうか。元明女帝のお耳に入りました。女帝は柳眉《りゅうび》を逆立て怒りました。——わが愛息、文武帝が崩御されて、まだ妾《わらわ》の悲しみは消えていない。しかるに帝《みかど》の未亡人である紀皇女に懸想し、密通するとは、何と妾の心の傷を逆撫でることか！ 不《ふ》埒《らち》な奴め！——と、寵臣の不比等に零《こぼ》しました。女帝の意を汲《く》んだ不比等は、直ちに兵を派遣し、石田王を捕らえ、斬殺しました」

旅人は話をしながら、傷《いた》ましさに、自然と首を左右に振っていた。

「不比等のすることも悍《おぞ》ましいのう」

「はい。そればかりか、ご遺体をすばやく泊瀬《はつせ》山に埋めてしまいました。石田王の妻、丹生《にう》王が夫君の殺害を知らされたのは、埋葬後だったほどの、迅速な処置でございました」

高安王が旅人に訊ねた。

「たかが男と女の色恋ではないか。紀皇女は、皇后でも妃でも夫人でもない。皇女に地位を与えず、側女《そばめ》と同じ低い待遇にしておいて、——亡き帝の想い人だから男と付き合うな——とは酷な話だ。密通したからとて、命を奪う重罪にしたうえ、急いで山中に埋めることでもあるまい。それに、——石田王の戸籍をはじめ、あらゆる記録を女帝と不比等は抹消させた——と、聞いている。解せぬ。何かもっと深い理由があったのではないか。長年心に引っ懸かっておる」

旅人が酒で咽喉を潤した。

「筑前の話では――石田王《いわた》は忍壁《おさかべ》皇子の次男で英才でした。父、忍壁皇子が『吉野の盟約』で皇位継承候補の一人に選ばれながら、持統上皇から疎外されたことに不満をお持ちでした。弓削皇子と同様に持統女帝には強い反感をお持ちでした――」

「なるほど。その気持ちはよく分かるな」

「――陰陽師《おんみようじ》津守通《つもりとおる》配下の候《うかみ》を使っていた持統女帝や不比等は、大津皇子の時と同様に、天武系の骨のある皇子には、さりげなく見張りを付けていました。ある時、石田王は『持統上皇は、大唐の則天武后に並ぶ悪女であった』と、口を滑《すべ》らせました。この言葉を、運悪く不比等の候に聞かれ、先帝持統上皇、元明女帝、不比等による、天武系皇族・王族潰しの対象にされたのが、断罪の真相です――と、説明していました」

「なるほど。憶良の説明で謎が一つ解けたぞ」

「元明女帝と不比等は、石田王の皇籍と、官署に残る一切の記録を抹消しました。しかし石田王の妻女、丹生王は『朝廷の措置《そち》は酷に過ぎる。悔《くや》しい。こうなるのであれば、夫に、生前もっと優しく接しておけばよかった』と慨嘆され、長歌と反歌の見事な挽歌を詠まれました。丹生王の挽歌はすぐに歌人仲間に流布しましたので、さすがの不比等といえども取り消しはできませんでした」

「それで石田王の名は、妻女丹生王の詠まれた悲傷歌の題の中にだけ残された……」

「その通りです。和歌の題の中に永久に残り、紀皇女との命懸けの恋が、永遠に語り継がれましょう」

「今宵は紀皇女の追善供養だ。丹生王の石田王を偲ぶ挽歌を詠唱するがよい。丹生王はその後、丹生女王と名乗り、そちの愛人の一人になったから、旅人よ、そちが詠唱するのは適役ぞ」

旅人は苦笑いした。

「丹生王は長歌で『悔しい』と二度詠われています。長いので……反歌を……」

「いやいや、長歌から詠わねば意味がない。『悔しい』と詠まれた歌を聴きたい」

「では……」

旅人は、立ち上がり、発声した。


　石田王《いわたのおほきみ》の卒《みまか》りし時、丹生王《にふのおほきみ》の作れる歌一首并《(ならび)》に短歌

なゆ竹の　とをよる皇子《みこ》　さ丹《に》つらふ　わが大王《おほきみ》は　隠國《こもりく》の　泊瀬《はつせ》の山に
神《かむ》さびに　齋《いつ》きいますと　玉梓《づさ》の　人ぞ言ひつる　およづれか　わが聞きつる
狂言《たはごと》か　わが聞きつるも　天地に　悔《くや》しき事の　世間《よのなか》の　悔《くや》しきことは　天雲《あまぐも》の
遠隔《そくへ》の極《きはみ》　天地の　至れるまでに　杖策《つゑつ》きも……ひさかたの　天の川原に
出で立ちて　みそぎてましを　高山の　巌《いはほ》の上に　いませつるかも

（丹生王　万葉集　巻三・四二〇）

――女竹のようなしなやかな皇子で、赤々としたわが石田王は、泊瀬山に神々しく祀られていますと、使いの者（玉梓）が言いました。それは人の心を惑わす妖言《およづれ》か、私が冗談（狂言《たはごと》）を聞いたのか。天地で一番残念なことであり、世界で一番悔しいことです。雲の果てるまで、天と地の果てるまで、杖をついても……　天の川原まで出かけて、みそぎをして身を清めても、探しに行きたいと思ってい

ましたが、高い山の上の巖の上に、お寝かししたとのことでありました――

「突然の処刑の知らせを、妖言や狂言ではないかと疑い、これほど無念残念だと悔しがり、地の果て雲の果てまで、皇子の遺体を探したいと、一言一句、飾りなく心の内をさらけ出され、最後に理性的に諦めを表現された挽歌を、余は知らないな」

と、高安王が述懐した。

旅人は黙って頷くと、

「では、反歌二首を……」

逆言《およづれ》の狂言《たはごと》とかも高山の巖のうへに君が臥《こや》せる

石上布留《いそのかみふる》の山なる杉群《むら》の思ひ過ぐべき君にあらなくに

（丹生王　万葉集　巻三・四二二）

――石上の布留の山にある杉林ではないが、思いすぎて忘れてしまうあなたではない。……こうなるのであれば、いそいそと紀皇女に通われたあなたに、嫉妬などせず、気持ちよく送り出しておけばよかった。……それにしても殺して埋めてしまうなんて、元明女帝や不比等は、何と酷《ひど》いお方だことよ――

歌い終わった旅人が着席して、盃を空けた。

「丹生王は、夫君の石田王が亡くなってしまうと、――自分が至らなかった――と、自責の念を強くお持ちでした。さらに、――素早く葬られたために、ご遺骸にすがることさえできなかった――と、嘆いておられました」

「その丹生王の悲嘆を慰め、立ち直らせ、終生の良き友達としたのが……旅人、そちだ」

「いやいや、お恥ずかしい」

「もっとも、丹生王は、若かりしとき、そちと恋仲であったと聞いておる。丹生王はそちにぞっこん惚れて、旋頭歌《せどうか》を贈ったとか。ははは。世の中は思うようにならぬ。皇族と伴造《とものみやつこ》では縁談は無理であったが、やはりそなたたちは縁《えにし》があったのよ。これも紀皇女を巡る不思議な縁よ。この席で余とそちの、それぞれの愛人を語るとはのう」

「まっこと、世の中は広いようで狭《せも》うございます」

「丹生王の旋頭歌はお惚気《のろけ》だったたな。ついでに詠うがよかろうぞ」

「では酔いに任せて、若き日を回顧しましょう」

高圓《たかまと》の秋野の上の瞿麥《なでしこ》の花うらわかみ人のかざしし瞿麥の花

（丹生女王　万葉集　巻八・一六一〇）

「人は旅人、撫子《なでしこ》（瞿麥）は丹生女王ご自身だな。昔若い頃旅人が挿頭《かざし》にした撫子の花か。そして歳取って再び結ばれる。佳き話じゃ」

そう言って、高安王は旅人の盃に酒を注いだ。

「話がとんだ方向へ流れました。紀皇女様に戻しましょう」

王が頷いた。


「紀皇女が若き余に色目を使ったのは、そうすると石田《いわた》王の事件（七一一）があって、八年ほど後になるな。養老三年（七一九）だったから。余は石田王のように命は奪われなかったが、伊豫に左遷された。今更いろいろ言える立場ではないが、こうして昔の恋の相手を偲ぶと、紀皇女が可哀相な気分になるのう」

「左様でございます。筑前守山上憶良は、紀皇女の一連の事件を、三点に要約しておりました」

「ほう。三点とは？　憶良の纏めを聴きたい」

高安王が身を乗り出した。

「では憶良の口調で……」

（三）現人神《あらひとがみ》讃歌の犠牲

「――第一は、母方の祖父、蘇我赤兄《あかえ》の悪業《あくごう》および生母太蕤娘《おおぬのいらつめ》の保身欲の犠牲になられた。蘇我氏は仏教を導入したが、政治に利用しただけです。仏典には『因果応報』という教えがあります。紀皇女の荒淫好色は、母太蕤娘に責任があります。母が娘を珂瑠皇子の初体験に差し出したが、妃《みめ》、夫《ぶ》人《にん》、嬪《ひん》など、後宮での身分をはっきりさせませんでした。これが皇女を自暴自棄にさせたのです。祖父赤兄が有間皇子を謀殺した事件や壬申の乱は、蘇我系の子孫には重く、かつ暗い負の遺産になっています。紀皇女の兄、穂積皇子も宮中では蔑視の中にあります。その中で、穂積皇子が高市皇子の妻、但馬皇女と密通事件を起こし、紀皇女の立場を一層悪くされた――と、申していました」

「なるほど。赤兄や太蕤娘の私利私欲の犠牲か……」

「――第二は、持統上皇、元明女帝、不比等の策謀です。持統上皇と元明女帝は、世俗で申す姑《しゅうと》と嫁でございます。早逝した草壁皇子の血統のみの継承を、秘かな使命とされました。そのため策を弄して、気骨のある天武系の皇子たちの失脚や謀殺を図られました。例えば磯城《しき》皇子の失火による兄、忍《おさ》壁《かべ》皇子の失脚、いや失格。弓削《ゆげ》皇子、石田《いわた》王の抹殺などです。一方、温和で従順な皇子たち、例えば長《なが》皇子、舎人《とねり》皇子、新田部《にいたべ》皇子には服従を誓わせて、残されました。持統上皇と元明女帝は、天智の血統では異母姉妹になります。不比等は中大兄皇子のご落胤なので、三者は異母姉弟になります。表向きは天武の男系の皇位継承を公言しながら、実質は天智の血を濃くする継承を図ってこられた。珂瑠皇子が皇位に就くまでに、皇后となりそうな身分高い女性は後宮に入れず、宮子夫人以外の嬪、石川刀子娘《とねのいらつめ》や紀竈門娘《かまどのいらつめ》は身籠ることなく追放された。すべて不比等の術策である——と」

「うむ。持統上皇と不比等は、その性《さが》が表に出ていたが、元明女帝はしとやかに見えたがのう？」

「憶良はこう申していました。——人は見かけによりませぬ。元明女帝の政事《まつりごと》は素晴らしいと思います。それだけ内面には優れた知恵をお持ちであった——」

「そうか。ご三方は天智帝の御子たちであった」

持統上皇は、中大兄皇子と越智娘《おちのいらつめ》の間に生まれた鸕野讃良《うののさらら》皇女。元明女帝は姪娘《めいのいらつめ》との間の阿閉《あへ》皇女。不比等は鏡王女を母とする落胤である。越智娘と姪娘は、生母は異なるが、倉山田石川麻呂の女《むすめ》たちであった。

「ここまでは、多かれ少なかれ、世間でも語られております。しかし、それがしが驚愕《きょうがく》したのは、第三の纏めでございました」

「そちが驚愕したとは……どういうことか？」

と、高安王が身を乗り出した。

「——古《いにしえ》の大王、今の天皇を現人神《あらひとがみ》と崇《あが》め、敬《うやま》い過ぎたわが伯父大伴御行《みゆき》や、宮廷歌人だった柿本人麻呂にかなりの責任がある——との指摘でございます」

「ほほう！　これは異なことよ。何故じゃ？」

「ご承知の通り、御行伯父は崇敬した天武帝を現人神に神格化した歌を詠みました」

大君は神にしませせば赤駒のはらばふ田居《たゐ》を京師《みやこ》となしつ
（大伴御行　万葉集　巻一九・四二六〇）

「人麻呂は当時の持統帝の寵を得るため、女帝を神格化しました」

大君は神にしませば天雲《あまぐも》の雷《いかづち》の上《うへ》にいほらせるかも
（柿本人麻呂　万葉集　巻三・二三五）

「人麻呂が持統女帝の雷丘への行幸に随行し、献上した歌だな。天皇は現人神《あらひとがみ》だから、天に轟く雷の名を持つ山に、行宮をお造りになられた——と、追従《ついしょう》した。実際は小さな丘だがのう。ははは」
「大将軍と、宮廷歌人が詠まれたので、天皇は男子であれ女子であれ、現人神になりました。憶良はこう申しました。——紀皇女は、『天皇すなわち現人神の想い人』という、妃《みめ》でも夫人《ぶにん》でも嬪《ひん》でもない、妙な身分にされた。称号を与えられなかったのであれば、ご崩御を機に、自由な身に解き放ってあげれば、単に寡婦《かふ》の色事で済んだ。紀皇女の立場から申せば、元『現人神の想い人』扱いは、迷惑以外の何物でもなかったであろう。そのために断罪にされた石田《いわた》王は、まことにお気の毒である——と、紀皇女と石田王の両名に同情しておりました」
「そうか。憶良は、天皇を神格化した点については、御行や人麻呂を評価しなかったのだな。憶良の解説で、紀皇女の心の奥底の闇が、少しは理解できたような気がする。余と紀皇女は、年齢差は大きかったが、ひょっとしたら、はぐれ者同士で惚れ合っていたのだろう」

（その通りです）

と、旅人は実感した。

王が盃を呷《あお》って、続けた。

「さすがは憶良だな。類聚歌林《るいじゅうかりん》を編集しただけあって、いろいろな歌の詠まれた背景について、実に詳しいのう。日本書紀や続日本紀に記載されていない歴史の真実がよく分かった」

「太宰府ではわが親子の良き師でした」

「さもありなん。旅人、わが想い人、紀皇女のご冥福を祈って、三度目の献杯をしよう」

酒豪二人は盃を上げ、しんみりと干した。

第七帖　難波色懺悔　――その四　贈袍《ぞうほう》――

わが衣《ころも》人には著《き》せそ網引《あびき》する難波壮士《なにはをのこ》の手には触るとも
（大伴旅人　万葉集　巻四・五七七）

（一）東鮒《つかぶな》の乙女

「旅人よ、紀皇女《きのひめみこ》を偲んでいささか酔うた。冷たいが少し夜気《やき》に当たって酔いを醒まし、飲み直そうぞ」

「もう十分に頂戴しましたゆえ、この辺で……」

「いやいや。今宵は久々に楽しい酒だ。まだまだ語ることがある」

そう言って王は呼鈴を振った。

「蔀《しとみ》を一枚開けよ」

と、舎人に命じた。

「旅人、見よ。この部屋から眺める茅渟《ちぬ》の海の夜景は絶品だぞ」

満天の星空の下、黒々とした海面に、漁火《いさりび》が揺らめいていた。

「太宰府にも奈良にも、この眺めはない。しかも、海は日ごと夜ごと、刻々と変化し飽きぬわ」

「何よりの馳走《ちそう》でございます」

「海を見ていると心が広うなる。さて、この海の南、熊野から鯨《いさ》の干し肉が届いておる。それに、蘇《そ》と藷蕷粥《いもがゆ》で締めよう。わが館の膳夫《かしわで》の粥は旨いぞ」

蘇は現代のチーズである。この当時の藷蕷粥は、山芋を小口切《こぐちぎ》りにして、甘葛《あまづら》の汁で煮込んだ貴重品であった。

「これはまた珍味揃い。お言葉に甘え、飲み直しますか」

「それでこそ酒飲みぞ、わっはっは」

二人は席に戻った。


「さて、話題は変わりますが、筑前守からの伝言を……」

「何じゃ?」

「――高安王の歌には、帝《みかど》や皇后などへの追従《ついしょう》はなく、自由奔放《ほんぽう》、実に暢《のび》やかであり、吾ら筑紫歌壇の志向する歌と共通しています――との感想でございます」

「そうか。碩学《せきがく》の憶良にそのように評されると、嬉しいのう。昔の歌を唱ってみるか」

王は、若き日、ある美しい娘子《おとめ》に贈った歌を高唱した。

沖方《おきへ》行き邊《へ》に行き今や妹がためわがすなどれる藻臥束鮒《もふしつかぶな》

（高安王　万葉集　巻四・六二五）

――沖の方へ漕いでいったり、浜辺を漕ぎ行きたりして、貴女のためにやっと獲ってきた、藻の中に潜んでいた小さな鮒ですが、どうぞ受け取ってください――

「お若く純情な頃の思い出は、歳を取っても懐かしいものでございます」

「小鮒というのは姿が美しい。その娘子が鉢に飼いたいというので、必死で漁《すなど》りしたのだ。鮒は俊敏で、傷つけないように、生け捕りするのはとても難しかったが、面白かった」

「束鮒のような清楚な乙女でございましたな」

「ははは。その通りだった。では次へ行こう」

暇《いとま》無み五月《さつき》をすらに吾妹子が花橘を見ずか過ぎなむ

（高安王　万葉集　巻八・一五〇四）

――仕事ばかりしていて暇がなく、五月というのに、あの子の家の花橘を見ぬままに、過ごしてしまうのであろうか——

「束鮒を贈った美しい娘子でしょうが、少し王らしくございませんな。恋路にあれば、多少仕事が忙しくとも、夜更けにでも妻問い致しますが……」

「その通りだ。素直な姫であったが、あまりにも生真面目でな、ちょっと飽きていた。言い訳がましい歌になった」

「誰にでも経験がございます」

「そうか。余は女好きなので、このような色恋の歌しか創れぬわ……はっはっは」

高安王は豪快に笑い、盃を干した。

盃を置くと、厳しい顔に変わった。

（二）藤と橘

「ところで旅人、花橘を詠んだが、京師《みやこ》は今や年中藤の花が満開ぞ。ただ一つ、まともな北の藤花は、誰も訪れぬそうな。静かに咲いているわ……」

北の藤花。

御所の北に邸宅があるので、北家と呼ばれた藤原不比等の次男、藤原房前《ふささき》である。

嫡男、武智麻呂《むちまろ》は南家、三男、宇合《うまかい》は式家、四男、麻呂《まろ》は京家と略称されていた。

「旅人よ、そちがこのたび大納言に昇進したのは、大宰帥としての功労褒賞もあろうが、内実は大伴一族の武力蜂起《ほうき》を怖《おそ》れての、藤原一門の媚薬よ。奴らの謀計に油断するな。沈黙は金ぞ」

「心得ております。実は、筑前守よりは息子の家持、書持への講義で、――人生の暴風には、くれぐれも柳に風と受け流し、沈黙は金と心得て、生き延びるべし――と、訓示を頂いております」

「それはよかった。憶良の申す通りよ。そちの筑紫赴任は、長屋親王にはお気の毒な結果になったが、大伴一族が巻き添えを食わずによかった」

「今になっては複雑な心境でございます」

「割り切るほかに、致し方あるまい。……ここに憶良もいれば、鼎談《ていだん》が弾《はず》んだであろうに。それにしても、憶良の左遷も長いのう」

「そろそろ五年になりましょうか。律令の規定通りだともう一年は……。なかなか帰京の詔勅も、昇進昇格の話もなく、万年従五位下で気の毒に思います。このご時世なれば、それがしが何の手助けもできないのが、口惜《くちお》しく思います」

「我慢しかないか」

二人はしばし黙って盃を重ねた。

「ところで旅人、憶良が新しい歌集を編集していると小耳に挟《はさ》んだ。実情はどうなのか」

「はい。筑前守は、類聚歌林を基にして、その後詠まれたそれがしら筑紫歌壇の歌や、従来からの宮廷歌人たちや皇族、官人たちの中央歌壇の歌を加え、約二千首をすでに集めています。しかし、――

大和や筑紫の歌、それも皇室、貴人、官人の歌だけでは国民歌集にならぬ――と、申しています」

「何？　国民歌集と申したか？」

「左様でございます。上は天皇《すめらみこと》から下は遊行女婦《うかれめ》まで、東歌《あづまうた》、防人歌《さきもりのうた》、全国各地の俗謡や雑詠までを含む、二十巻四千首ほどの構想で進めています」

「何と！　二十巻とな。彼の類聚歌林七巻でも驚嘆したが……ほう、二十巻か……」

「今はまだ半分ほどとか。その雄大な構想の実現には、憶良殿一人では無理があります」

「うむ」

「それがしの嫡男家持に、歌の才があると見抜かれ、憶良殿は後継者に決められ、それがしも応諾しております」

大宰帥の旅人は、その配下にあった筑前守、山上憶良を、『筑前守』とか『憶良』と、呼び捨てにしていたが、今は、前東宮侍講の碩学に相応《ふさわ》しく『憶良殿』と敬称に変えていた。話題の内容から、自然にそうなった。

「なるほど。家持が八雲《やくも》の道の後継ぎか。……これは面白い。いやいや佳き話じゃ」

「憶良殿は、歌人仲間にはすでに密かに手を回しております。ただこれはご内密に」

「宮廷歌人たちにもか？」

「はい」

「よかろう。心得た」

――山上憶良のもう一つの顔は、候《うかみ》の集団、山辺衆の首領《かしら》でございます――

と、話したかったが、旅人は抑えた。武将と碩学二人の間の固い約定である。

旅人は盃に酒を注ぎ、飲み干して続けた。

「憶良殿は、この新しき歌集に、仮の名前ではありますが、――『万葉歌林』――と付けております」

「ほう。『万葉歌林』か」

「――万人の詠んだ歌を集めた歌集、万代に残る歌集――の意を込めたと申しています」

「さすがは憶良よ。――『類聚歌林』の時には、大唐の大作、『芸文類聚百巻《げいもんるいじゅう》』から、類聚の名を付けた――と、聞いた。しかし『類聚歌林』では、率直に申せば、いかにも名前が固すぎた。万葉か……実に柔らかな佳き響きよ。素晴らしい」

「二十巻ともなりますと、歌の蒐集や上梓の費用も嵩《かさ》みます。従五位下の憶良殿の収入や資産では賄えませぬ。長屋親王亡き今、わが大伴が一族をあげて資金支援致します。高安王にもなにとぞ後ろ盾《だて》のご支援をお願い申し上げます」

「よかろう。皇親たちの中で、歌心あり藤原と距離を置く者に、内々話をしよう」

（まずは左大弁《さだいべん》の葛城王《かずらき》だな）

と、高安王は一人の貴公子を脳裡に描いていた。


葛城王。

後に母方の姓を継ぎ臣籍に降下、橘宿禰諸兄《たちばなのすくねもろえ》と改名する。高安王と旅人が懇談しているこの時、天平二年（七三〇）十二月では、中務省《なかつかさ》、式部省、治部省、民部省を統括する左大弁の要職にあった。

大宮人の事務部門、民生部門の長官として、才を抑えて勤めていた。後日談であるが、旅人は帰京の翌年七月没するが、翌八月の人事で諸兄は参議となり、七年後の天平九年（七三七）、藤原四兄弟が没すると、急遽《きゆうきよ》大納言に昇進した。

（藤原に距離を置く皇親？……間違いなく葛城王だ）

と、旅人は直感的に受け止めていた。

葛城王は少年の日、父美努《みぬ》王が大宰帥として、筑紫に赴任中に、生母、県犬養橘三千代《あがたいぬかいたちばなのみちよ》を、藤原不比等に強姦され、後妻に寝取られていた。屈辱と隠忍自重の青壮年時代を送っていた。位階が上昇したのは、不比等没後、政治の実権が長屋王に移り、閑職から抜擢されたからである。

不比等と三千代の間に生まれた安宿媛《あすかべひめ》（光明子、後の光明皇后）は、葛城王の異父妹になる。天平元年（七二九）二月、長屋王の変が起きた。八月、光明子は晴れて『夫人《ぶにん》』から『皇后』となった。翌九月、聖武帝は葛城王を左大弁に抜擢した。

しかし、葛城王は、格別喜びもせず、淡々と職務をこなしていた。

（葛城王に家持の後ろ盾になっていただければありがたい。憶良殿は、宮廷歌人山部赤人の線から葛城王に手を回してくれると約束してくれた。家持は何という幸せ者だ）

「なにとぞよろしくお願い申し上げます」

旅人は高安王に深々と頭を下げた。

（三）今城王《いまき》

「そうだ。家持が憶良の『万葉歌林』の事業を継ぐとなれば、将来の仲間が必要となろう。わが子、今城王は、そちも承知の通り、母はそちの大伴一族の女《むすめ》だ。丁度よい機会だから、明朝呼んで、家持に引き合わせよう。家持の将来は、吾らも支えようぞ」

今城王の生母は、大伴女郎《いらつめ》。旅人の亡妻、大伴郎女と同音であるが、別人である。女郎は、後世、遊女の代名詞となるが、この当時、中国や日本では――元気のよい娘子《むすめご》――の意味である。

「それがしが老境にありますゆえ、家持にとりましては、この上もないお計らいでございます」

「吾らにとっても、武の大伴の後ろ盾はありがたい。仲良くやろうぞ」

酒豪二人は、盃を上げた。

「旅人よ、大事なことを話そう。近う寄れ」

旅人は盃を置くと、高安王の傍へにじり寄った。

「驚くな。極秘ぞ」

王は旅人の耳に口を寄せ、囁《ささや》いた。

「長屋王の遺臣の某に、山部赤人を通して、金子を渡しておる」

（はてな？　高安王は赤人が浪士を秘《ひそ》かに支援していることをご存じか？）

旅人は武将である。顔色を変えず、黙って頷いた。

高安王が口を閉ざすと、旅人は元の席に戻った。

二人は含み笑いをしながら、盃を上げた。


王は平素の声音《こわね》になって、話を続けた。

「旅人よ、もう一つ驚かしてやろう」

「まだございますか。なかなか酔えませぬな」

「そちもよく知るごとく、余は王を賜る皇族ではあるが、皇統の本流からは程遠い。王を名乗れる家柄ゆえに、然るべき俸禄《ほうろく》を頂いて、首が繋《つな》がっている。だがな、王などは何かと制約が多く、固苦しい。そこそこ昇進はしようが、まあ下級公家《くげ》に大差ない。ましてや藤花全盛の世は、まっこと詰まらぬ。そのうち王の名を捨て、俗人となり、自由に恋をし、酒を飲み、花を愛《め》で、和歌を詠みたいと考えておるのじゃよ。はっはっは」

高安王は豪快に笑った。


翌朝、高安王は嫡男、今城王を旅人一家に紹介した。

今城王は二十六歳。家持とは一回り年長の美丈夫であった。

「まだ子供の家持をよろしくお願い申す」

「大納言殿、この今城、父より承っておりますれば、ご安堵、ご休心あれ」

旅人は高安王の手厚いもてなしと気配りに感情を抑ええなかった。歳のせいではない。瞼が潤《うる》んでいた。

(四) 贈袍《ぞうほう》

「高安王様、厚くお礼申し上げます。これは筑紫で仕立てさせました、心ばかりの品でございますが……」

と、前置きして、真新しい衣と、色紙を贈った。

衣は、高安王が朝廷に出仕する際に必要な、朝服の上に着用する『袍《うえのころも》』であった。

色紙の歌を、旅人が朗々と詠った。

わが衣《ころも》人にな著《き》せそ網引《あびき》する難波壮士《なにわをのこ》の手には触るとも

――私が贈りますこの袍は、他の人には着せないでくだされ。地引網を引かれる難波の男子の手にはふれるとしても――

「はっはっは。旅人は娘子のために小さな鮒を捕らえた余を、『網引する難波壮士』と戯れて詠んだな。袍も歌も、ありがたく頂こうぞ」

貴人の太守と名門の武将は、呵々大笑した。

今城王と家持は、親しみの目線を交わして、別れた。


後日談を付記する。

この難波の二人の会談から九年後の天平十一年（七三九）四月、高安王は天皇に請願して、一族とともに「大原真人《おおはらのまひと》」の姓《かばね》を賜り、以降、大原氏となった。

大原真人高安は、旅人に約束した通り、皇族に根回しして、若き家持を扶《たす》けた。

高安王の嫡男、今城王は、大原真人今城と名乗り、終生家持と親交を結んだ。

第八帖　多《た》治《じ》比《ひ》対《たい》面《めん》

龍《たつ》の馬《ま》も今も得てしかあをによし奈良の都に行きて来《こ》むため
（大伴旅人　万葉集　巻五・八〇六）

（一）大伴と多治比家

旅人の一行は、高安王と今城王に別れを告げると、難波を立って河内《かわち》国へ向かった。
大伴の所領に接して、多治比一族の本貫《ほんがん》（本籍地）があった。
大伴と多治比は、何かと縁があった。

旅人の前任の大宰帥は、今は故人となっているが、多治比一族の当主であった多治比池守《いけもり》であった。
しかし、池守は大納言との兼官で、大宰府には赴任せず、奈良の都にいた。

この間、実弟の多治比縣守《あがたもり》が、大宰大弐《だいに》（副長官）として、兄に代わり大宰帥の役目も務めていた。前大宰帥の池守は、前年の天平元年（七二九）の『長屋王の変』では、大納言として王の糾問《きゅうもん》に当たった。翌二年（七三〇）九月、急逝していた。この度の旅人の大納言昇進は、多治比池守の薨去によって空席となっていた定員の穴埋めである。旅人は在京勤務になったので、形の上では大宰帥は兼官となった。

縣守は、旅人に仕える大弐として、紀男人が着任するまで、暫くの間、旅人に仕えたので、上司と補佐役の仲であった。

旅人は縣守が権《ごん》参議（定員外の仮の参議）・民部卿として栄転する際に、餞別の歌を贈っていた。

君がため醸《か》みし待酒《まちざけ》安《やす》の野にひとりや飲まむ友無しにして

（大伴旅人　万葉集　巻四・五五五）

安の野は福岡県朝倉郡夜須《やす》町（現筑紫町）の野原である。

――貴君と飲もうと思って醸造させた酒を、貴君が京師へ旅立った後は、安の野原で一人寂しく飲んでいなければならないのか――

帰京の前に、新当主縣守から、旅人は書状を受け取っていた。

――佐保へ帰られる途中、河内のわが館で一泊なされますように。対外的には、亡兄池守の弔問という名目にしておきます。娘（多治比郎女《いらつめ》）と孫の留女《るめ》を里帰りさせておきます。奈良ではすぐには会えないでしょうし、また、何かと目立っては世間もうるそうございましょうから。河内の酒を用意してお待ちしています。飲み語りましょう――

多治比郎女は旅人の側室であった。

筑紫で生涯を閉じた正妻大伴郎女は、臨終の直前に、家持、書持を呼び、――二人の生母は多治比郎女様であり、留女という妹もいる――と、告げていた。

この帰路は、旅人にとっては父親として、二人の息子に、実の母と妹を引き合わせる旅でもあった。実母と思い込み、慕っていた大伴郎女を失い、一時は落胆していた家持と書持であったがこの二年間で精神的に立ち直り、以前にもまして逞《たくま》しくなっていた。二人は、産みの親と、血の繋がっている妹との対面を心待ちしていた。

旅人は、多治比家についての概要を、あらかじめ家持と書持に説明していた。

「実は古い昔から、多治比家と大伴家は深い縁《えにし》があったのだ。武烈《ぶれつ》大王には皇子がお生まれにならなかった。そこで、吾が祖先、大伴連金村《かねむら》が動いた。応仁大王より五世の孫になる男大迹《おおど》王を、越《こし》の国から迎え入れて、継体《けいたい》大王、今でいう天皇に即位させた」

「よく承知しております」

「その継体大王には三人の皇子がおられた。安閑《あんかん》、宣化《せんげ》、欽明《きんめい》と、順次即位された。この宣化帝の曽孫、多治比古《たじひこ》王が、多治比家のご先祖だ。多治比家は、今は皇族ではないが、皇孫を祖にする由緒《ゆいしょ》ある名門貴族だ」

　父、旅人の説明は簡明であり、聡明な二人は頷く。

「多治比家は、代々皇室の奥向きに仕え、歴代の帝《みかど》の信頼が厚い。それゆえに、天武帝が天武十三年（六八四）に定められた『八色《やくさ》の姓《かばね》』では、最高位の『真人《まひと》』の姓を賜っている」

　旅人はさらに詳しく語っていた。

「多治比家は古い家柄だが、蘇我や藤原などの新しい貴族と異なり、政権を自ら操《あやつ》ろうとする野望を持たれなかった。政権の抗争から距離を置き、天皇に仕える姿勢を続けられた」

「伴造《とものみやつこ》を貫くわが大伴の方針と同じですね」

　と、家持が感想を述べた。

「そうだ。それゆえに先ほど申したように天皇家の信任が厚い。それだけではない。わが大伴が武力を誇るように、多治比家には土地開発の技がある」

「土地開発の技とは何ですか？」

「多治比家は昔から韓半島からの渡来人、なかでも土木技術に長《た》けている者を、積極的に受け入れてきた。彼らの技術を使って、池を掘り、溝を造り、荒野であった河内を、灌漑用水で美田に変えた。農産物が豊かに実り、大和朝廷を支える大事な農業地を造られたのだ」

　兄弟は生母の実家を尊敬した。

「天武帝が崩御《ほうぎょ》され、皇后が持統帝として即位された時、太政大臣であられた高市《たけち》皇子は、迷うことなく、多治比嶋《しま》殿を右大臣に登用された。公正無私の人格を高く評価されたのだ」

二人は尤《もつと》もだと首肯《しゆこう》した。

「高市皇子が薨じられ、持統女帝は珂瑠《かる》皇子を皇太子にして、文武帝として即位させた。右大臣から左大臣になられた嶋殿は、右大臣に阿倍御主人《みうし》卿、大納言に藤原不比等卿を起用された。嶋殿は、皇親に近い者、古来の豪族、臣下の出身の新興貴族の均衡のとれた政事を心掛けられた。一口に言えば、皇親と諸豪族のいずれからも信頼された名政治家であった。お亡くなりになる前年、文武四年（七〇〇）一月、嶋殿は文武帝から高齢を労《ねぎら》われ、『霊壽《れいじゆ》の杖』と『輿《こし》』、これを担《かつ》ぐ『供人《ともびと》』（従者）を授与された」

旅人は息子二人を凝視した。

「多治比嶋殿は、そなたたちの産みの母、多治比郎女の祖父である。そなたたちは嶋殿の曽孫ぞ」

二人は感動に身震いし、一層緊張していた。

「先ほど申したごとく、多治比家は土木工事に熱心で、お名前も『嶋』『池守』『水守』『縣守』などと付けられ、水や土木へのご関心の深さが分かろう。池守卿は、平城京の造営長官として活躍された大功労者だ。つい三カ月前に亡くなられ、そなたたちとのご対面や、造営のご苦労話をお聞きする機会を失ったのは、まことに残念だな。今のご当主、縣守卿は、太宰府でそなたたちもよくご存じだ。縣守卿は、若き日遣唐使の経験もある外国通だ」

「はい。縣守殿には太宰府で殊の外可愛がられました。母方の祖父と知って驚くとともに、親しみが一層湧いてきました」

と、弟の書持も喜色満面であった。

家持、書持は、実母と実の妹との初めての対面に、興奮を抑えきれなかった。

（二）母子の対面

多治比館《やかた》では、当主縣守、兄の水守、弟の廣成、多治比郎女、留女などが揃って、面会を待望していた。

太宰府で大宰大弐として旅人一家と親交のあった縣守が、両家を紹介した。

「家持殿、書持殿、わが女《むすめ》、郎女《いらつめ》です」

瓜実顔の藹たけた中年の女性が、しとやかに頭を下げた。

麗人であった。家持兄弟は圧倒されていた。

（実の母上か……美しいお方だ）

亡き母、育ての母であった大伴郎女も、叔母の大伴坂上郎女も、人並み以上の容姿である。しかし、

（吾ら大伴家周辺の女人と、産みの母上は、何か雰囲気が違う。これが皇室に近い公卿《くげ》の女性の特徴なのであろうか……）

と、家持は戸惑いを感じていた。だが、落ち着いて挨拶した。

「家持でございます」

「書持でございます」

頬を赤らめた二人は、深々と頭を下げた。

「ご立派になられ、妾《わらわ》も嬉しゅうございます」

ゆっくりと、鈴を転がすような声が二人に届いた。大伴の武家館では耳にしない優雅な声音であった。

（吾らの母者《ははじゃ》のお声か……）

二人は夢心地で生母の生の言葉を聴いていた。

「この娘がそなたたちの妹の留女《るめ》ですよ」

「留女でございます。よろしゅうに」

初々しく可愛らしい少女が、恥ずかしそうに目を伏せていた。留女之女郎《るめのいらつめ》、八歳であった。

家持は少し落ち着きを取り戻していた。

（留女か。母上と同じように気品がある。……これまで見慣れている武人や官人の女房や娘子との差は……気品か……）

母の声が続いた。

「家持、書持。大伴郎女様がお亡くなりになって、随分寂しくなられたでしょう。これからは奈良の別宅で、時々会いましょう」

実は多治比郎女と留女は、平素は河内の多治比館ではなく、奈良の別邸で公卿の生活を楽しんでいたからである。

縣守が、隣に立つ若者を旅人に紹介した。

「旅人殿、末弟の廣成《ひろなり》でございます」

「廣成と申します。以後お見知りおきくだされ。兄者と違い、学問には不熱心な遊び好きでございます」

「いやいや、若いうちは遊びも学びの内でござるわ。いずれ家持、書持も遊びに誘ってくだされ」

粋も極めた武将、文人の旅人ならではの言葉であった。

廣成は、自らを遊び好きと卑下《ひげ》したが、二年後に、遣唐使節の大使に任命された逸材であった。余談になるが、大唐への出発に先立ち、帰京していた山上憶良に面会を求め、様々な教授を受けたことや、憶良が、餞別に好去好来《こうここうらい》の長歌を贈った挿話は、『長屋王の変』第十二帖「終《つい》の手配り」に書いた。

「それでは、兄、池守の仏前にお参りいただきましょう。そのあと、旅人殿の大納言昇進を寿《ことほ》ぎ、心ばかりの祝い膳を準備させました。大座敷にわが一族の主だった者を呼んでおりますれば、あらためて、親族固めの盃を交わしましょう」

と、縣守は旅人父子を、仏間と広間に案内した。

前《さき》の当主で実直な大納言であった池守は、『長屋王の変』では、役職上、訊問使に任命された。結果としては、世間から「恩知らず」とか、「裏切者」との辛辣《しんらつ》な批判にさらされた。池守は悶死《もんし》した。長屋王の遺臣たちの報復によるが、表面化せず、旅人も死因を知らない。

変の当日、縣守は権参議に昇叙していた。それゆえに、これまた何かと世間で陰口をされていた。この二年近く、多治比家は何となく暗い雰囲気の日々を送ってきた。それだけに、若い家持、書持と、生母多治比郎女、妹の留女との対面は、池守の喪中とはいえ、明るい話題であった。

「旅人殿、それがしが民部卿として上京の際には、餞別の歌をありがとうございました。今夜は大納言にご昇叙でのご帰任を寿ぎ、大いに飲み、語りましょうぞ」

「忝《かたじけな》い」

宴《うたげ》は盛り上がった。

(三) 老父の願望

頃合いを見計らって、旅人が姿勢を正した。

一座が静かになった。

旅人は深々と一礼し、口を開いた。

「縣守殿、ご一統の皆の方々。前のご当主池守卿の喪上がりとはいえ、それがしのための宴を開いていただき、感に堪えませぬ。しかし、それがしもこの通り老いさらばえてござる。そのうえ、正直なところ、先年患《わずら》った瘡《そう》の病は、表面は治ったものの、わが体の肉を蝕《むしば》んでおります。余命いくばくもないことは、それがし自ら分かっておりまする」

しんみりとした空気になった。

「気懸りなのは、未だ成人に達していない家持、書持それに留女でござる。家持と書持は、佐保の館で、妹の坂上郎女が、太宰府の時と同様に、亡妻の代わりになって、大伴本家の嫡男、次弟として育てる所存でござる。されど世間の荒波は、厳しかろうと推測されます。本席を御縁に、多治比のご一統には、格別のお引き立てを賜りたい」

正三位大納言兼大宰帥の旅人が、かつての部下、従三位、権参議の縣守に、再度、深々と頭を下げた。一人の老父としての、親族に対する切な願いであった。

天皇家を家祖とし、真人《まひと》の姓《かばね》を賜っている多治比家は、公卿の中でも抜群の名門である。伴造《とものみやつこ》を祖に宿禰《すくね》の姓を持つ大伴家は、武門を誇る大豪族ではあるが、家格は遥かに及ばない。

「旅人殿、帰路ご多忙のなか、兄池守弔問のためお立ち寄りいただき、忝《かたじけな》い。一族、深く感謝申し上げまする。大伴家と多治比家は、武家と公卿の違いはあれど、大昔から帝の側にお仕えし、縁が深うござる。ましてや家持、書持殿には、吾ら一族の血が流れておりまする。吾らは陰ながら、及ぶ限りの支援を致す所存にござる。ご安心され、ご養生に専念くだされ」

縣守らしい心温かい挨拶であった。

「大納言殿、ご休心あれ。不肖、若輩者ではござるが、それがしもお二人に一臂《いっぴ》をお籍《か》し申し上げまする」

と、弟の廣成が誓約した。

両家の宴《うたげ》は和やかな雰囲気で終わった。

（四）龍馬《たつま》の想い

その夜。

旅人と多治比郎女は、三年ぶりで二人だけの濃密な時を過ごしていた。

「少しの間見ぬうちに、留女が幼児から美しい乙女に育っているのには驚いたな。昔のそなたにそっくりじゃ。これからも頼むぞ」

旅人にとっては留女もまた孫のような年齢差の女であった。

（留女はどのような男と結ばれるのであろうか……）

旅人はこの時ほど留女の行く末を気にしたことはなかった。留女を不憫《ふびん》に思った。

「はい。留女の方は妾が公卿《くげ》の女《むすめ》として、恥ずかしゅうないように育てます。ご安心くだされ。それよりも、家持、書持が、逞《たくま》しく、男らしくなりました。亡き郎女様には感謝しきれないほどでございます。これからも母親の役目をお引き受けくだされた妹君、坂上郎女様に、くれぐれもよろしゅうに、お伝えくだされ」

二人は子供三人の成長を喜び合った。

（まずは順調に育っていることを有難く思おう。未来はそれぞれ本人の力と……神仏のご加護に委《ゆだ》ねるほかなし）

武人旅人の割り切りであった。

多治比郎女が甘い声になった。

「あなた様にはお仕事でお忙しい中を、筑紫からお歌をお送りくだされ、嬉しゅうございました」

旅人は、奈良の多治比邸で暮らしていた多治比郎女を、遠く筑紫で想う切なさを歌に託していた。歳を取っても恋心は衰えていなかった。

多治比郎女が、旅人から受け取った歌を唱《うた》った。

龍《たつ》の馬《ま》も今も得てしかあをによし奈良の都に行きて来《こ》むため

――昔の人は龍の馬に乗って千里を駆けたといいますが、その龍の馬を今すぐにでも手に入れたい。奈良の都に行って、貴女に会って帰ってくるために――

「それでは、そなたの返歌を、それがしが詠《よ》もう」

龍《たつ》の馬《ま》を吾《あれ》は求めむあをによし奈良の都に来《こ》む人の為《た》に

（多治比郎女　万葉集　巻五・八〇八）

――龍の馬を私は探しておきましょう。奈良の都へ来るあなたのために――

再び多治比郎女が、旅人から受け取ったもう一つの歌をにこやかに唱った。

現《うつつ》にはあふよしも無しぬばたまの夜《よる》の夢《いめ》にを継《つ》ぎて見えこそ

（大伴旅人　万葉集　巻五・八〇七）

——現実には逢う手立てもないが、せめて夜の夢にだけでも続けて現れてくだされ——

旅人が彼女の和《こた》えた歌を、笑いながら朗唱した。夢が現実になっていたからである。

直《ただ》にあはずあらくも多くしきたへの枕《まくら》さらずて夢《いめ》にし見えむ

（多治比郎女　万葉集　巻五・八〇九）

——直接にお逢い申さずにいる月日も重なってきました。ですからお休みのあなたの枕の側を離れずに、いつも夢でお逢いしましょう——

「この相聞《そうもん》も笑い話になったな」

二人は久しぶりの逢瀬《おうせ》を、夜の明けるまで語りつくした。若い側室の素肌を、旅人は貪《むさぼ》った。

遠くで鶏が暁を告げた。

旅人の胸に顔を埋めていた多治比郎女が、か細く、囁くように口遊《くちずさ》んだ。

あかときと夜烏《よがらす》鳴けどこの山上《をか》の木末《こぬれ》の上はいまだ静けし

（作者不詳　万葉集　巻七・一二六三）

（おう、懐かしいなあ。三年前、憶良の館で聞いた権の歌だな。後朝《きぬぎぬ》の別れを惜しむ佳き歌よ……）

旅人は多治比郎女の脱いだ衣をそっと掻《か》き抱《いだ》き、うつらうつらと聴いていた。

彼女が求めてきた。

第九帖　佐《さ》保《ほ》の里

佐保河の清き河原に鳴く千鳥かはづと二つ忘れかねつも
（作者不詳　万葉集　巻七・一一二三）

（一）朝賀

筑紫から帰ると、すぐに年が明け、天平三年（七三一）となった。

元旦には恒例の朝賀の式典がある。天皇が大極殿《だいごくでん》で百官から年頭の祝賀を受ける大礼である。

妹の坂上郎女が筑紫から一足先に帰京し用意していた正三位大納言の礼服に身を包み、旅人はゆっくりと大極殿に入室した。三年ぶりの朝堂であった。

式典前の賀詞の交歓や雑談でざわついていた大極殿が、一瞬にして静かになった。百官の視線が新大納言の旅人に集まった。

この日、旅人は紫の表衣《うわぎ》、淡青色の表袴《うえのはかま》。腰帯には長綬《じゅ》を垂らし、右腰には五色の珠玉が五条に編まれた見事な玉佩《ぎょくはい》が吊るされていた。功成り名遂げた高官の証である。玉佩の先端は金銅製の花型で、旅人の歩みと共に、先端の花型が烏皮《くりかわ》の沓《くつ》に当たり、チリリンと、微かな、しかし透明な清々しい音を出す。

黒漆地の三山冠《さんざんかん》には、透かし彫りの金環や、金鈴、珠玉が飾られている。冠の頂が三山になっているのは、賢者を示す礼冠《らいかん》であった。

老いたといえど、武人であった。左の腰に吊るしていた鍍金の綺羅《きら》らかな唐太刀《からたち》は、入室前に衛士《えじ》に預けていたが、背筋はまっすぐに伸び、顎を引き、威風堂々とした、前大将軍の登場であった。

旅人が進む方向は、さっと道が開いた。百官は旅人の威厳に圧倒されていた。

先任大納言、藤原武智麻呂に一礼して次席に立った。

――太宰府へご赴任前、中納言の時には旅人殿が上席だった！――

声にならない群臣たちの、複雑な感慨の吐息が朝堂に流れた。

聖武天皇、光明皇后、知太政官事・舎人《とねり》親王、大将軍・新田部《にいたべ》親王そのほかの皇族が入室され、大礼が始まった。

武智麻呂が、得意の漢詩を引用して歯の浮いたような追従の賀詞を述べた。

（いつもなら、左大臣の長屋王がまず祝詞を奏上していたな……）

旅人はこの場でも長屋王を懐旧していた。

「旅人殿……」

と式部卿に促《うなが》されて、旅人は天皇、皇后の前に進んだ。

――どのような賀詞を述べるのか？……――

群臣の視線が背中に感じられた。

旅人は聖武帝を直視して、差しさわりのない賀詞を述べた後、今回の大納言昇叙のお礼と、郎女の葬送の際の勅使派遣のお礼、それに昨年瘡《そう》を患い重篤になった時の、驛使《えきし》手配のお礼を丁寧に言上した。

「伴造の大伴旅人に賜りました帝の御心、旅人生涯肝に銘じ、一族皇恩に報いる覚悟でございます」

と、結んだ。

聖武帝がにこやかに笑みを返した。朝堂は和《なご》やかな雰囲気であった。

次に光明皇后に目を合わせ、立后の賀詞を述べた。

しかし、皇后からは棘《とげ》のある言葉が返ってきた。

「長屋王は、藤原の出自の妾の立后に、強く反対していた。長屋王の寵臣だったそなたは、妾の立后に異存はないのか？」

大極殿の空気が一瞬にして凍りついた。

「それがしは伴造《とものみやつこ》でございます。帝《みかど》のお決めになられたことに異存はございませせぬ」

（為らぬ堪忍するが堪忍。憶良殿の終《つい》の講義が今生きる）

顔色一つ変えず、旅人は深く頭を下げた。

武智麻呂から、

「旅人殿、病み上がりで顔色がよくない。暫く朝議は休まれよ。これまで通り舎人親王、新田部親王とそれがしの三人で政事は繰り回せる」

「旅人、武智麻呂の申すように、ゆっくりと休養せよ」

と皇后が押しかぶせてきた。

「ではお言葉に従い……」

旅人は群臣たちの憐れみの視線を背に、朝堂を出た。衛士から佩刀《はいとう》を受け取ると、そのまま牛車に乗った。

大礼の後は宴会であるが、無視した。

牛車の中でふと気が付いた。

(房前卿《ふささき》を見かけなかったな……)

参議藤原房前は、風邪で参賀していなかった。

(二) 従二位昇叙

のんびりと寝正月を楽しんでいた旅人に、朝廷から連絡があった。

――一月二十七日、参内せよ――

(ゆっくり休養せよ――と言いながら、参内せよとは何事か?)

大納言の朝服を着て参内した。内裏《だいり》には四位、五位の貴族が多数集まっていた。顔見知りも沢山いた。中級官人の昇給昇格人事だと分かった。

(何故吾が呼び出されたのか？　高官の人事ならば、武智麻呂や房前がいるはずが……いない……なぜか？)

聖武帝と舎人親王が現れ、真っ先に旅人が呼ばれた。

——従二位に昇叙す——

予想もしない聖武帝の言葉に驚いた。知太政官事《ちだじょうかんじ》、舎人親王から辞令を渡された。

お礼の言葉を奏上したが、落ち着かなかった。

(異常な昇叙だ。何か腑《ふ》に落ちぬ)

舎人親王から、

「引き続き休養されよ」

との言葉が添えられた。

(なぜ吾独り従二位なのか。これでは武智麻呂を抜いて、上席大納言になる。立場が逆転する。しかも臣下筆頭ではないか。それでも休養を続けよ、とは？)

佐保の館へ帰ると、すぐに助を呼んだ。

「この異例の昇叙には何か深い裏の意味があろう。落ち着かぬわ。すぐに甚を太宰府に向かわせ、憶良殿の分析と助言を持ち帰らせせよ。急げ！」

旅人が不審に感じたこの異例の昇叙には、想像を絶する深い闇があった。

旅人の友人である智者藤原房前が、旅人に異母妹・光明子（光明皇后）や兄武智麻呂らの非礼を詫び、さらには旅人が正義感から政事の粛清を求め蜂起しないよう、壬申の乱の再発を回避しようと、房前の身命を賭けた人事手配でもあった。やっと律令国家になった日本国を、二分するような内乱勃発を未然防止した大人二人の密約であった。

（詳しくは、令和万葉秘帖　長屋王の変　第十一帖　昇叙の真相　に述べた）

旅人は房前卿の深慮を汲み、この昇叙を受けて、政事から身を引いた。

（憶良殿の説明ですっきりした。佐保の館でゆっくり休もう）

（三）山齋《しま》

佐保。

何と心地よく耳に響く音であろうか。古代人はおおらかで明るい土地を、こう呼んだ。

平城京《ならのみやこ》の北にある丘陵は平城山である。その東の丘陵が佐保山である。一方、平城山の西の丘陵は、佐紀《さき》山と呼ばれた。佐保も佐紀も優雅な名称である。

佐保山は紅葉《もみじ》の名所であった。佐保山の南面が佐保の里である。佐保河と呼ばれる清流が東から西に流れ、平城京の少し東側で折れて、南へ向かっていた。

佐保河では千鳥が群れ、河鹿《かじか》が鳴いた。

藤原京から奈良へ遷都された時、大伴一族の氏上であった旅人の父、安麻呂はこの佐保に居を構えた。

佐保の里には千鳥だけでなく、いろいろな鳥が多かった。この地の住人となった大宮人たちは、佐保の鳥を歌に詠んだ。

佐保河の清き河原に鳴く千鳥かはづと二つ忘れかねつも

——佐保河の清流に鳴く美しい千鳥の声と、河鹿の鳴き声の二つは、どうしても忘れえず、想い出深い——

佐保河にさばしる千鳥夜くたちて汝《な》が聲聞けば宿《い》ねかてなくに

（作者不詳　万葉集　巻七・一一二四）

——佐保河では千鳥が夜も寝ずに騒いでいる。千鳥よお前の声を聴くと私も眠れないよ——

千鳥だけではない。呼子鳥《よぶこどり》、閑古鳥のカッコウや、ほととぎすもよく鳴いた。

春日《かすが》なる羽買《はがひ》の山ゆ佐保の内へ鳴き行くなるは誰呼子鳥《たれよぶこどり》

(作者不詳　万葉集　巻一〇・一八二七)

――春日の羽買の山を飛び立って佐保の里へと鳴いていくのは、誰を呼ぼうとしている呼子鳥であろうか――

答へぬになよび響《とよ》めそ呼子鳥佐保の山邊を上《のぼ》り下《くだ》りに

(作者不詳　万葉集　巻一〇・一八二八)

――呼子鳥よ、佐保の山を登ったり下ったりして、そんなに鳴く必要はないよ。呼んだって答えないのだから――

家持はほととぎすを詠んでいる。

卯の花もいまだ咲かねばほととぎす佐保の山邊に来鳴き響《とよ》もす

(大伴家持　万葉集　巻八・一四七七)

筑紫から帰ってきた旅人は、久々に多くの鳥の声を聴き、和《なご》んだ気になった。

しかし愛妻郎女を失って、心の中には大きな洞《ほら》ができていた。時折、側室の多治比郎女を訪れ、閨《ねや》事《ごと》に時を過ごすものの、この虚《むな》しさは埋めようがなかった。

感傷をそのまま一気に三首詠んだ。

人もなき空《むな》しき家は草まくら旅にまさりて苦しかりけり
（大伴旅人　万葉集　巻三・四五一）

妹として二人作りし吾が山斎《しま》は木高《こだか》く繁くなりにけるかも
（大伴旅人　万葉集　巻三・四五二）

――郎女と二人で相談しながら作り上げた吾が庭（山斎）の木々も、繁るがままになって荒れ果ててしまった――

吾妹子が植ゑし梅の樹見るごとにこころむせつつ涙し流る
（大伴旅人　万葉集　巻三・四五三）

しかし、いつまでも郎女を偲んで、悲傷に明け暮れしているわけにはいかなかった。対内的には大伴氏族の氏上としての面子《めんつ》があり、誇りがある。対外的には、朝議には出ていなくとも従二位大納言兼大宰帥としての威信がかかっている。筑紫で発症した足の潰瘍は、一日一日回復したものの、腹の内に転移していた。時々激痛が襲ってきた。体力は衰えており、疲れやすくなっていた。
（年若い家持や書持のことを考えると、まだまだ気力を持たねばならぬ）
と、自分を鞭打っていた。

第十帖　筑紫やいづく

ここにありて筑紫やいづく白雲のたなびく山の方にしあるらし
（大伴旅人　万葉集　巻四・五七四）

（一）痛き恋

「兄上、筑紫からお手紙が届きました」

坂上郎女が一通の封書を持ってきた。差出人は観世音寺の造営に従事している別当の沙彌満誓《しゃみのまんせい》であった。

旅人の病気の具合を心配し、――太宰府は歌の宴を催す主《あるじ》を欠いて、まるで灯《ひ》が消えたように寂しくなりました――と、書いてあった。

和歌が二首、添えられていた。

満誓は僧である。だが、数年前までは在家《ざいけ》であった。俗世間の時は、名流笠氏の笠麻呂《かさのまろ》。従四位上。右大弁《うだいべん》の高官であった。まだ戒律を受けていない沙彌である。洒脱《しゃだつ》な遊び心があった。

歌を見て旅人が噴き出して笑った。

「兄上、どうなされましたか？」

「見よ、この歌を。女人に仮託《かたく》して、まるで恋人のように詠んでいるではないか」

歌の半紙を受け取った坂上郎女が朗唱した。

まそ鏡見飽かぬ君に後《おく》れてや朝夕《あしたゆふべ》にさびつつをらむ

（沙彌満誓　万葉集　巻四・五七二）

「真十鏡《まそ》」は「見る」の枕詞《まくらことば》、いわば修飾辞である。

——何度見ても見飽きない貴男に、先に京師《みやこ》へ帰られてしまった。後れをとった私は、朝夕寂しい思いをしています——

ぬばたまの黒髪変《かは》り白髪《しらけ》ても痛《いた》き戀にはあふ時ありけり

（沙彌満誓　万葉集　巻四・五七三）

「ぬばたまの」は「黒」に懸る枕詞で、漆黒《しっこく》を意味する。

――真っ黒い髪が白くなっても、このような心が痛む恋に、再び会うことはありましょうか――

拝賀の出来事の後だけに、旅人は歌の友、満誓の気配りに胸が熱くなった。早速和《こた》えた歌を詠んだ。


ここにありて筑紫やいづく白雲のたなびく山の方にしあるらし

草香江《くさかえ》の入江に求食《あさ》るあし鶴《たづ》のあなたづたづし友無しにして
（大伴旅人　万葉集　巻四・五七五）

草香江は生駒《いこま》山の西側の麓（現在の東大阪市日下《くさか》町あたり）に広がっている入り江で、旅人の領地である。

――草香江の入り江に餌を漁《あさ》っている葦原の鶴は、見るもたどたどしく心もとない。どうやら友のいない独り鶴らしい――

（敬慕していた長屋王はご自害された。心友山上憶良はまだ筑前国の国守の勤めが続いている。心の通う公卿、藤原房前卿は、藤原一族から疎外されている。それゆえ京師で旧交を温めるのは憚《はばか》れる。……佐保の里の吾は、まさに草香江の葦原のはぐれ鶴だ）

返歌をしたため、満誓からの見舞いの歌二首を読み返していた旅人が、突如、坂上郎女の顔をまじまじと見詰めた。

「どうなされましたか、兄上。私の顔に何かついていますか？」

「おいおい、ちょっと待てよ。この満誓殿の歌の封書はそれがし宛だが、この二首とも、本当は、そなたに贈る歌ではないか？」

「ふふふ。兄上、お気づきになられましたか」

「さてはそなた、筑紫にありし時には、沙彌満誓殿に惚れていたのか！　迂闊《うかつ》であったわ。家持や書持の母代わりに、よくしてくれていたと感謝していたが、どこに居ても恋心多い女人よのう」

「ほほほ、まだ若うございますゆえ、兄上、お許しを……」

「想い出したぞ。そなたが筑紫で詠んだこの歌を……」

旅人は微笑みながら坂上郎女の歌を口にした。

黒髪に白《しろ》髪交り老ゆるまでかかる戀にはいまだあはなくに

（大伴坂上郎女　万葉集　巻四・五六三）

次いで、もう一度、満誓の歌を詠唱した。

ぬばたまの黒髪変《かは》り白髪《しらけ》ても痛《いた》き戀にはあふ時ありけり

明らかに、坂上郎女の歌への和《かへ》しの歌であった。

「満誓殿は、出家されているとはいえ、また歳は取られてはいるが、有能な大宮人で、風雅を愛《め》でられた武人であった。男でも惚れ惚れする傑物のお方だ。しかし、造観世音寺別当だから、身を持されているのだろうが……この歌をよく読んでみると、相当そなたに惚れているな。そなたの詠んだ『まそ鏡』の歌も思い出したわ」

今度は、坂上郎女自身が筑紫で作った歌を詠んだ。

まそ鏡磨ぎし心をゆるしては後にいふとも験《しるし》あらめやも

（大伴坂上郎女　万葉集　巻四・六七三）

――一生懸命に磨きをかけて、思い込んでいた心を緩めたら、いくら後から残念がって、かれこれ言っても、効能はあろうか――

旅人が満誓の歌を和した。

まそ鏡見飽かぬ君に後《おく》れてや朝夕《あしたゆふべ》にさびつつをらむ

「満誓殿はまだ若いそなたの将来も気にかけておられるのだ」

二人の幼女を持っている今も、お転婆娘同様の異母妹の恋愛に、旅人は温かい目を注いだ。

「そうであったか」

旅人に思い当たることがあった。

（二）恋忘れ貝

「そなたは昨年の霜月《しもつき》（十一月）筑紫を離れる際、名児山《なごやま》を越える時と、船旅でも恋歌を詠んでいるな。今までは、単純に――筑紫恋し――と、詠んだと思いこんでいたが、実は満誓殿を想うていたのか……兄としてはこれまた迂闊《うかつ》だったな、はっはっは」

「お恥ずかしゅうございます」

「いやいや、一度の人生だ。それにそなたはこれまで苦労しておる。恋は構わぬ。……唱ってみよ」

旅人は坂上郎女に二首を詠唱させた。

「では山歌《やまうた》の方から……」

名児山は筑前国宗像郡の山であり、彼女は峠越えで近くの宗像大社辺津宮《へつぐう》に参詣し、筑紫に別れを告げた。

大汝《おほなむち》　少彦名《すくなひこな》の　神こそは　名づけ始《そ》めけめ　名のみを　名児《なご》山と負《お》ひて
わが戀の　千重の一重も　慰めなくに

（大伴坂上郎女　万葉集　巻六・九六三）

――国造りをなされた大汝《おおなむち》こと大国主命《おおくにぬしのみこと》と、少彦名《すくなひこな》の二柱の神が、初めて名付けられたという、心が『なごむ』という名児山の名を負っているばかりで、私の辛《つら》い恋心の千分の一も慰めてはくれない――

坂上郎女は上流貴婦人として教育されていた。古事記や風土記の素養があった。太古の昔、出雲族は九州北部も勢力下に入れていた。現代流に表現すれば、坂上郎女は雄大な古代史ロマンを背景に入れて、切ない恋心を詠んでいたと言えよう。

「そなたは吾らより一足先に太宰府を出発して佐保に帰った。その途中の作品ゆえ、吾ら残った家族への恋しさか……と、受け取って、さほど気に懸けなかったが、そなたに別れがたい男がいたとは気が付かなかったな。間抜けな兄だのう」

旅人が笑った。

坂上郎女も照れくさそうに微笑んだ。

「兄上、では甚の船に乗って、帰りの海路《うみつじ》にて、浜の貝を見て作りました歌を……」

吾背子に戀ふれば苦し暇《いとま》あらば拾《ひり》ひて行かむ戀忘《こひわす》れ貝《がひ》

（大伴坂上郎女　万葉集　巻六・九六四）

――あのお方を恋しく思えば辛い。旅の途中、暇があったら拾っていこう。恋を忘れさせてくれるという忘れ貝を――

忘れ貝とは、二枚貝の片方だけになって、浜辺に残っている殻をいう。

(妹は多情多感。男勝りであるが、やはり女人だ。妙に内気なところがある。可愛い奴だ……)


坂上郎女は、うら若き乙女の頃、天武帝の御子、穂積《ほづみ》皇子に嫁したが、皇子と死別した。その後、藤原四兄弟の末弟、麻呂が佐保の館に妻問《つまど》いしてきたが、性格が合わず、離別した。傷心の坂上郎女を救ったのは、異母兄、大伴宿奈麻呂《すくなまろ》であった。旅人の異母弟である。宿奈麻呂には正妻がいたから、傍妻となった。二人の間に二人の娘が生まれた。坂上大嬢《おおいらつめ》と二嬢《おといらつめ》である。

しかし、宿奈麻呂が急逝して、坂上郎女は未亡人となった。兄、旅人の正妻、大伴郎女が太宰府で病死したので、家持、書持の母代わりに、幼い二人の娘を連れて、太宰府の帥館に身を寄せた経緯は、前に述べた。


まだ三十代であるが、夫運に恵まれなかった。

未亡人の再婚にはおおらかな時代ではあったが、さすがに大伴本流の女人が、幼児二人を連れて、四度目の恋の相手が、世を捨てた貴人の沙彌というのは、公表を憚《はばか》る。

坂上郎女と満誓。二人の間で、抑えに抑えた大人の純愛であった。

旅人は、夫運に恵まれなかった妹を、不憫《ふびん》に思った。

(――痛き戀にはあふ時ありけり――か。妹の将来の幸せを信じよう。いや願おう……秘めし恋はさておき、旋頭歌《せどうか》と短歌。その二首に山と海を詠みこむとは……妹もよき歌人になったものよ。これも筑紫で憶良殿との出会いがあったからだ。憶良殿には、わが家族四名、よくご指導いただいた結果だな）

旅人の感慨は、黙っていても坂上郎女に伝わっていた。

「兄上、私も筑紫を想う歌が湧き出ました」

「ほう、唱ってみるがよい」

坂上郎女が一首をすらすらと口にした。

今もかも大城《おほき》の山にほととぎす鳴き響《とよ》むらむ吾無けれども

（坂上郎女が　万葉集　巻八・一四七四）

大城の山は、太宰府の大野城が築かれている大野山、別名四王寺山《しおうじ》である。

「おお、なかなか佳い歌ではないか。それがしの二首に添えて、そなたの歌も満誓殿に贈るがよかろう」

坂上郎女が、嬉しそうに微笑み、頷いた。

（含羞《がんしゅう》の美か……）

旅人の感性は衰えていなかった。

第十一帖　大伴の結束

……梓弓　手に取り持ちて　剣大刀《たち》　腰に取り佩《は》き　朝守り　夕《ゆふ》の守りに
大君の　御門《みかど》の守護《まもり》　吾《われ》をおきて　また人はあらじと　いや立《た》て……
（大伴家持　万葉集　巻一八・四〇九四）

（一）静養

旅人の従二位昇叙により、太政官の席次が再び逆転した。

知太政官事《ちだじょうかんじ》（太政大臣）　一品（正一位）　舎人《とねり》親王
左大臣・右大臣　空席
大納言　従二位　大伴旅人

大納言　正三位　　　藤原武智麻呂
中納言　従三位　　　阿倍広庭

またまた舎人親王から書面が届いた。

――年賀の際、ご中宮（光明皇后）よりお言葉あったごとく、貴職は病気療養に専念されたし。一時休職を命ず。給付は不変。ご休心のこと――

と、あった。

（これでゆっくり休めるわ。房前卿の意を汲《く》み、泰然自若《たいぜんじじやく》、動くまい）

当然、朝議には出なかった。

政事《まつりごと》には、大将軍の肩書の新田部親王と、参議の房前、太政官ではないが、宇合、麻呂兄弟が加わった。古来の豪族は、名門阿倍広庭《ひろにわ》一人である。この非公式の席が、朝議となった。

先任大納言の武智麻呂と、光明皇后の意向ですべてが決まった。


旅人の瘡は、現代の医学で表現すれば癌であった。内臓に転移していた。

旅人は病の床に臥《ふ》して、静かに来《こ》し方を回顧していた。老境になると、同じことを何度も愉しむ。

（大宰府に赴任していた時には、大いに歌の宴を催したな。特に昨年の梅花の宴は、規模といい、内容といい、空前絶後であった。『遠《とお》の朝廷《みかど》』か。……催主として楽しんだ。……筑紫の三年は、まるで夢のようであったわ……）

春の訪れとともに、佐保の里は、様々な鳥の囀《さえず》りが賑やかになった。
(万物は、日に日に生き生きとしてくるのに、わが身の病は進行が速いわ……)
薬は気休めでしかないと悟っていた。
うつらうつらしていると、坂上郎女が、入室してきた。
「兄上、満誓様に続き、筑後守殿からもお手紙が参りましたよ」
筑後守は葛井大成《ふじいおおなり》である。一年前の梅花の宴で、見事な梅の花を詠んでいた。

梅の花いま盛なり思ふどちかざしにしてな今盛なり

(葛井大成　万葉集　巻五・八二〇)

開封してみると、見舞や梅花の宴を懐かしむ言葉のほかに一首したためていた。

今よりは城《き》の山道は不楽《さぶ》しけむわが通はむと思ひしものを

(葛井大成　万葉集　巻四・五七六)

——帥殿に逢えると、通うのが楽しかった城(基肄城《きい》)の山道も、帥殿が京師《みやこ》に帰られてからは、その山道を通って太宰府に行くのが寂しくなりました——
筑後国(福岡県南部)から太宰府へ行くには基肄城のある城の山を通る。旅人が去った太宰府は、政庁も街も、活気が消えていた。

坂上郎女は、異母兄、旅人の求心力の大きさを実感していた。

四月。朝廷は突然、筑紫の防人軍団を、三百隻の水軍に編成した。目的は新羅の東海岸の襲撃であった。病気で休んでいる旅人の不在の会議で決められていた。

大納言との兼官とはいえ、公的には旅人はいまだ大宰帥である。もし朝議に出ていたら反対していたであろう。

暫く日数が立って、船長《ふなおさ》の甚が、玄界灘の魚貝の干物を携えて、佐保の館に現れた。

「首領《かしら》に命じられ、報告に参上致しやした。防人《さきもり》軍団は、ものの見事に新羅軍に敗退致しやした」

旅人は尤《もっと》もだという顔で頷いた。

「新羅を攻撃するなど、外国の実力を知らぬ京師《みやこ》の大宮人の決めそうなことよ。大宰少弐の小野老が藤原の手先だけに、大弐の紀男人は反対意見を出せなかったのであろう。もともと筑紫の防人軍団は、対馬の金田城はじめ大野城、基肄城、それに水城《みずき》では、専守防衛に訓練されておる。水軍での戦闘や、外国への侵攻のような攻撃訓練はしていない。奈良の朝廷の文官どもは何も知らぬな」

武人旅人は憤慨していた。

「戦の経験のない新田部親王が大将軍では、戦にならぬわ。それに加えて、四綱のような豪の者が、現場で指揮をとらない防人軍団は、頭数をそろえても、所詮、戦意無き烏合の衆に過ぎぬ。筑紫の防人たちは優秀な強兵だが、将あっての兵よ。いったい何のための侵攻だったのか。藤原の私腹を肥やす戦ではなかったのか？　唐の実力も、新羅の戦闘力も、朝廷の連中は、何も分かってないな。水際の小競り合いなら記録に残すまい。馬鹿馬鹿しい話だ」

病床に座って、旅人は聞き役の甚に、説明した。

甚がにやっと笑った。

「まっこと、昨年、首領の講義を庭で聞きましたが、昔の白村江《はくそんこう》の惨敗や、今回の新羅侵攻の失敗と、中大兄皇子やそのご血統の方がたは、お口は達者だが、戦にはよう負けますな」

「はっはっは、その通りじゃ。甚、そちの首領によろしくな」

甚が退室すると、また静寂になった。

旅人が甚に語ったように、続日本紀には記録がない。新羅本紀に残されていた。

（大伴軍団の者が、愚挙に動員されずによかった。しかし、藤原の連中や、光明皇后らは何をするか分からぬ。そろそろ次の氏上を決めて、大伴の結束を固めておかねばなるまい）

旅人は黙想していた。

（このようなとき、頼りになるのは弟、宿奈麻呂《すくなまろ》だったが、この世にいない。まずは牛養《うしかい》と事前の相談をしよう）

旅人は決断をすぐに実行した。

（二）若氏上推戴

大伴牛養。

旅人の祖父、大伴長徳《ながとこ》の弟、吹負《ふけい》の子である。年下だが旅人には大叔父になる。若い頃から気骨のある人材として、大伴一族の中では宿奈麻呂と共に高く評価されてきた。その証左《しょうさ》に、和銅二年（七〇九）従六位上から一挙に三階級特進して、従五位下の貴族となった。翌三年（七一〇）遠江守《とうとうみ》。和銅七年（七一四）に従五位上。養老四年（七二〇）には正五位下、左衛士督《さえじのかみ》。禁裏を警備する五衛府《えふ》のうち左衛府の長官という武官では名誉の要職であった。

しかし藤原一族に対する反感が強かったため解職され、以後十数年昇進はなく、いつしか端役《はやく》に干されていた。特に長屋王の変（七二九）では悲憤慷慨《ひふんこうがい》していた。

大伴氏族には、従二位大納言の旅人に次ぐ人物として、大伴道足《みちたり》がいた。長徳の次弟、馬來田《まくた》の子である。壬申の乱に勲功のあった大伴分家の嫡男ゆえに天武朝では厚遇されていた。長屋王の変の時には、弾正台《だんじょうだい》の長官、尹《かしら》であった。弾正台は、京内の事件を糾弾《きゅうだん》し、親王はじめ太政官や官人の不正摘発など、強い権限を与えられていた。道足は現在の検事総長であった。しかし、長屋王の事件では関与していない。その無関与の功によって、権参議に昇叙され、従四位下から二階級特進して、正四位下に昇格。今は右大弁の高官になっていた。

旅人は道足の人物を買っていなかった。

（道足は己の保身や出世ばかりを考えている男だ。女《むすめ》を藤原房前《ふささき》卿の子息、鳥養《とりかい》に嫁がせ、藤原四兄弟に何かと媚を売っている。長屋王の変では弾正台の尹にも拘《かかわ》らず、職権を無視されたことに異を唱えず、阻止できなかった腑《ふ》抜《ぬ》けだ。一族の人望はない。奴には腹を割って話せぬ）

もう一人の高官がいた。従四位下、大伴祖父麻呂《おおじまろ》である。牛養の兄になる。しかし今は越前按察使《あぜち》兼越前守として任地にいた。

「助、吾が弟、稲公《いなきみ》、甥の古麻呂《こまろ》、それに牛養の三名を密かに呼べ」

藤原の候《うかみ》を警戒して、闇の夜、三名は佐保の館に集まった。

「道足卿が、地位を嵩《かさ》に主導しないよう。それがしが氏族会議を取り仕切りましょう」

と、牛養が司会の役はじめ、万事取りまとめを引き受けた。

この時は万年正五位下の無役であったが、後年、栄進して正三位中納言となる力量の男だけに、実力と人望は氏族の中では際立《きわだ》っていた。

「牛養、よろしく頼む」

と、氏上の旅人が牛養に頭を下げた。

大伴氏族の重臣会議が開催された。地方に赴任している者を除き、長老、重臣、幹部が招集された。

本家筋の血縁

大伴稲公　　旅人の異母弟で大伴坂上郎女の実弟。先年、旅人が瘡を患った時、遺言を託す

〃　古麻呂　ために筑紫へ呼んだほど、旅人の信頼が篤い
旅人の甥。稲公とともに筑紫へ呼ばれた。後年、鑑真和上を苦労して日本に連れてきた傑物
〃　駿河麻呂　旅人の伯父、御行の孫

分家筋の血縁
〃　道足　旅人の大叔父、馬來田の嫡男
〃　牛養　旅人の大叔父、吹負の次男
〃　古慈悲　牛養の兄・祖父麻呂の子で、若手の切れ者

一族の有能な実力幹部
〃　百代《ももよ》　前大宰大監
〃　首麻呂《おびとまろ》　前豊後守
〃　四綱《よつな》　前防人司佑
〃　三中《みなか》　判官

道足を除いた九名は、旅人の股肱《ここう》の臣であった。いずれも官人として活躍していた。

「皆の者に集まってもらったのは他でもない。正直なところ、吾が病状は薬石効なしといった状態である。今年の冬どころか、この夏が越せるかどうか分からぬ」

「氏上殿、何と気弱なことを申されますか」

古麻呂が旅人を元気づけた。

「いや実情だ。したがってそれがしの後の氏上を皆で決めてくれ。嫡男家持の器量が、相応《ふさわ》しくない場合には、傍流の者でも構わぬ。この難しい時代を切り抜けるには、血統ではなく能力が大事と思うゆえに、皆の者の忌憚《きたん》ない意見を聴きたい」

「それではそれがしが……」

と、牛養が口を開いた。

「氏上殿、実は此度《こたび》の招集の知らせを受けた時、それがしはこの事ではないかと思いました。それゆえ勝手ながら、数人に意見を求めてござる。打診した者全員が、――ご嫡男家持殿を新しい氏上に推戴することに異存なし――と、申しております。皆の意見を集約しますと、次のごとくなり申す。時間の関係で事前相談できなかった方々のご参考までに、披露致しましょう」

牛養は一呼吸置いた。事前相談しなかった道足への断りと牽制《けんせい》であった。一同は次の言葉を待った。

「一、年齢は十四歳なれども、すでに大人の学識がありまする。筑紫で前東宮侍講《さきのとうぐうじこう》の筑前守、碩学の山上憶良殿に、英才教育の特訓を受けられたことは、息子の百代《ももよ》より聞き及んでおりまする。京師《みやこ》へ帰られてこの半年間、吾らとの対話は、大人の受け答えでござる。一同、――家持殿は良き若者――と、感服しておりまする。英知の主は吾らの望むところでござる」

出席者の多数が頷いた。

「二、武芸については、吾が氏族きっての剛勇の猛者《もさ》、四綱《よつな》でさえも舌を巻くほどの太刀筋とか。

――我こそはと、稽古に立ち会った腕自慢の若者で勝てるものはない――とのこと。もちろん乗馬術も見事な腕前の由《よし》。さらに、大野城や水城、さらには対馬《つしま》の金田城などを訪れ、防人たちも家持殿の武芸やお人柄を敬愛していると聞き及んでおり申す。防人軍団の心を掴んでおられることは、吾が大伴氏族には無形の大きな味方でござる。下下《しもじも》の信望こそ、統領《かしら》に立つ者には肝要でござる。家持殿は、武の大伴の誉《ほま》れと存じまする」

道足を除く全員が、――尤《もつと》もだ――という顔をして大きく頷いた。

「三、大伴は、伴造《とものみやつこ》。天皇の直臣《じきしん》なれば、氏上は政事《まつりごと》の中枢に立ちまする。家持殿の礼儀作法、態度物腰には、すでに上に立つ者の風格がございます。ご生母、多治比郎女様のお血筋と、亡き郎女様、および母代わりを務められている坂上郎女様の行き届いたご指導、ご訓育の賜物と存じまする。いかがかな。皆の衆。それがしの纏めに異存はござらぬか」

「異議なし」

「同感でござる」

「牛養殿の申される通り」

独り渋い顔をしている道足を除き、異口同音に合意した。

道足には期待があった。

(旅人殿の嫡男とはいえ、家持は若い。まだ少年だ。成人し官職に就くまで、一時的に吾が氏上を頼まれるであろう。吾は旅人殿に次ぐ正四位下、権参議右大弁だ。官位、職位は大伴の氏上を継ぐに相応《ふさわ》しい。吾は聖武帝、藤原一族の受けも悪くない。誰か吾を推す者もいよう)

その期待は無惨に打ち砕かれていた。

(藤原武智麻呂は旅人殿を筑紫に左遷し、長屋王を抹殺して天下を掌握したが……この三年間に、あの少年家持が、このように成長し、内外の声望を得ているとは知らなかった。迂闊《うかつ》であったわ)

道足は、油断を悔やんだ。

若手を代表するかのように、大伴古慈悲が立ち上がった。

「氏上殿、案ずることなく療養に専念なされ。吾ら若輩《じゃくはい》共も心を一つにして家持殿を守り、支え、大伴氏族の安泰と繁栄を図りましょうぞ」

「おうっ」

と、皆が右腕を突き出した。

旅人は不覚にも目尻に涙を溜めた。

「皆の衆、忝《かたじけな》い。家持は無位無官の少年であり未熟者でござる。よろしく頼む」

間髪を入れず、再び牛養が発言した。

「そのことに関連して、それがし皆に提案致したい儀がござる」

牛養は間を置いた。

「何でござろうか?」

一同が牛養に注目した。

「氏上殿には目下病気で朝議には出られていないが、従二位大納言兼大宰帥として、吾ら大伴氏族の代表である。朝廷には吾らの意見を直言できるお立場にある。しかし、残念ながら天命には限りがある。万一の場合には、権参議の道足殿を、大伴氏族を代表する参議への昇格を、一同で推そうではないか」

「異存なし」

と、旅人の庶弟・稲公が即座に同意した。かねて旅人、牛養、古麻呂、稲公の四人で打ち合わせた筋書きであった。

（なるほど、新氏上は家持ながら、朝議へ参加できる大伴を代表する参議は吾か）

これまで憮然としていた道足の口元が緩《ゆる》んだ。

牛養が続けた。

「したがって、家持殿の後見役を、道足殿、越前に赴任している吾が兄・祖父麻呂《おおじまろ》、本家筋の稲公殿と古麻呂殿、それに不肖それがしの五名と致したいが、いかがであろうか」

「妙策でござる」

と、他の面々が賛同した。かくして少年家持の氏上襲名がすんなりと決まった。

道足は、旅人が薨じた後は、大伴を代表する参議昇格の後押しを得る口約束を得て満足していた。

（氏族内の雑事や厄介な揉《も》め事《ごと》は、新氏上になる家持が責任をもって処理すればよい。吾は参議として朝議に参画できれば十分だ。長居は無用だ）

「牛養、何かとご苦労であった。それがしは所用があるので、これにて失礼申す。旅人殿、くれぐれもお大事に。では皆の衆、これにて失礼」

と、席を立った。

第十二帖　言《こと》の職《つかさ》ぞ

……大伴と　佐伯《さへき》の氏は　人の祖《おや》の　立つる言立《ことだて》　人の子は　祖《おや》の名絶たず
大君に　奉仕《まつろ》ふものと　言ひ継げる　言《こと》の職《つかさ》ぞ……
（大伴家持　万葉集　巻一八・四〇九四）

道足が退室すると、四綱が大きく両腕を上に伸ばした。

「あやつが消えて清々した。何が権参議だ、右大弁だ。藤原の犬めが……」

豪傑の四綱《よつな》が最も嫌う型の男が道足だった。

――本来ならば弾正台《だんじょうだい》の尹《かしら》として、長屋王に左道、国家転覆の邪心の疑いがあれば調べるのが、道足の職務であった筈だ。皇親の犯罪を糾問《きゅうもん》する役割を放棄した功績で、藤原から……いや聖武帝と光明子妃から昇叙を得た佞臣《ねいしん》だ。大伴の風上に置けない奴だ――

と、残った全員が軽蔑の顔つきで頷いていた。

旅人が笑いながら言った。

「四綱、誰しも思うことは同じだ。だが、道足は、世間では大伴の一族だ。足を掬《すく》われぬように、皆も道足の前、いや他人のいる場でも言動を警戒し、不即不離《つかずはなれず》の姿勢で付き合うがよかろうぞ」

「相分かりました」

打てば響く主従たちであった。


道足と入れ替わりに坂上郎女と家持が入室し、座敷の空気が一転して和《なご》やかになった。

二人が末席に座った。

旅人が一人ひとりをゆっくりと見まわした。目と目を合わせていた。再び緊張感が満ちた。おもむろに口を開いた。

「皆の者、率直に申せば、吾が身は黄泉《よみ》の国よりいつ何時お召しがあるやもしれぬ。これまで余によく仕えてくれたと礼を申す」

旅人は頭を下げた。

「最後に伏して皆の者に協力を得たい案件がある」

旅人は間を置いた。

「氏上殿が『伏して……』とは何事でございましょうか？　後継ぎは決まったではありませぬか」

筑紫大宰府で大監として身近に仕えた大伴百代が、怪訝《けげん》な面持《おもも》ちで訊ねた。

旅人が微笑みながら首を横に振った。

「いやいや、家持にも関わるが、個人のことではない。歌、和歌のことだ」

「歌ですっと?……」

一同は意表を突かれ驚いた。旅人の次の言葉を待った。

「それがしが太宰府で和歌の道にのめり込んだことは、平城《なら》にいた衆も承知であろう」

全員が頷いた。あまりにも有名であった。

「伯耆守から京師《みやこ》へ戻られ、東宮侍講となられていた山上憶良殿とは、今は亡き長屋王のお館で、知り合った。彼の該博な知識と経験、深遠な洞察力、謙虚にして誠実、懐の深い包容力などの優れた人柄には、まことに心服した。それゆえ太宰府では家持、書持の家庭教師を頼み、更に余も坂上郎女も陪席して指導を受けた。以後、部下であった筑前守を、人生の師と尊敬しているゆえに、私事《わたくしごと》では『憶良殿』と敬称している。よいな」

「心得ました」

と、皆が納得した。

長屋王の名を出し、一瞬ではあるが往時が脳裏を過ぎった。呼吸を整えた。

「憶良殿とは肝胆相照らした仲になっただけではない。憶良殿のとてつもない大構想に惚れたのだよ」

筑紫歌壇で歌仲間だった百代や四綱、豊後守だった首麻呂たちは、憶良をよく知っていたが、そのほかの者は憶良の名は知っていても、人物像までは知らない。旅人の一言一句に緊張して耳を傾けていた。

「……で、憶良殿の大構想とは何でございますか?」

旅人の甥で利発。信任の厚い古麻呂が督促した。

「諸氏は、憶良殿が独力で生涯をかけて、日本独自の文芸である和歌、それも古今《こきん》の名歌や由緒ある歌を蒐集《しゅうしゅう》され、分類され、大著『類聚歌林《るいじゅうかりん》』七巻を自費出版されたことは知っていよう」

「はい。——当時の首皇太子《おびと》、今の聖武帝の講義に使われた——とか、耳にしています」

「しかし憶良殿は、皇室や貴人、宮廷歌人らの歌でまとめた『類聚歌林』に満足されなかった。——上は天皇《すめらみこと》から下は遊行女婦《うかれめ》に至るまで、東は陸奥《むつ》の東歌《あずまうた》から、西は防人《さきもり》や海人《あま》の歌まで、広く日本国民すべての階層の歌を集め、『万葉歌林』として後世に残したい——との、大構想を持たれていた」

重臣たちは、氏上襲名とは無関係の、予想外の話の展開に呆気にとられ、聴き入った。

旅人は右から左へと、ゆっくり顔を動かし、反応を確かめた。


「余が大構想と申したのは、憶良殿の目的が、単なる名歌秀歌の蒐集、分類、上梓ではなかったからだ」

一同はさらに引き込まれていた。

(単なる名歌秀歌の蒐集、分類、上梓ではないと……)

「憶良殿は、舎人《とねり》親王や藤原不比等卿が深く関与された日本書紀は、皇統中心の上層階級の歴史書であっても、国民の生活や思想までを述べた国史でないと喝破《かっぱ》された。更に申せば、書紀には誇張や虚偽があることを見抜かれていた」

旅人は、何かに取り憑《つ》かれたように語っていた。

(大きな話になったな。日本書紀が正確ではないとは……)

「憶良殿は、――和歌という日本独自の文芸の興隆を表面に押し出しつつ、書紀を補正し、後世の史家の参考資料になるように――と、書紀に書かれなかった歴史の秘話や、庶民の喜怒哀楽など、生活の実態を散りばめた歌を集められ、大歌集の歌稿をこつこつと書かれていた。しかし、憶良殿が後援者として頼りにされていた長屋王を突如失われた。……憶良殿はひどく落胆された」

（そうであったのか……）

全員が旅人の解説と、太宰府での作歌活動の意味を、はっきりと理解していた。

「余と坂上郎女および家持は、憶良殿の大構想に賛同し、筑紫歌壇を足場に、創作に励んでいたが、長屋王に代わって、旅人が私財をもって資金の支援を致すことにした。このことは藤原を刺激せぬよう極秘ぞ」

（そうか、氏上殿が私財を提供されるのか……）

「余が私財を出すからとて、お前たちにも賛助を求める願いではないから安心せよ」

と、旅人は笑った。

一族の驚きは続く。

「憶良殿の構想されている『万葉歌林』は、唐の『芸文類聚百巻』には及ばずとも、かなりの巻数になるであろう。憶良殿は余より高齢である。――構想はしたけれども、自分一代では構想を満たすように、歌を作り、集め、詞書《ことばがき》や左注《さちゅう》を付することは、到底叶わぬ夢だ――と、半ば諦めておられた。しかし、――家持に歌才と意欲在り――と、判断され、和歌の道の後継者に所望され、吾らは引き受け、誓約の署名を行った」

「すると、家持殿は、大伴の氏上と、憶良殿の『万葉歌林』の構想と歌稿を引き継がれ、大伴家が上梓するのでござりますか？」

と、牛養が旅人に確認した。

「その通りだ」

一同はいつしか腹が据わっていた。

「憶良殿は、大構想を満たすには約五千首が必要で、二十巻になろうと試算されている」

「えっ、五千首、二十巻ですと！」

と、誰かが驚嘆の声を出した。

（なるほど、旅人殿が『大構想』と申されるはずだ）

「全国津々浦々から収集するのだ。おそらく、家持成人後も相当の年月がかかるだろう。巨大な構想だ。この実現のため、家持には——大伴の氏上、武将、高級官人、優秀な歌人——との四重の重荷を背負わせた」

（何と苛烈《かれつ》か。十四歳の少年に四重の重荷を背負わせるとは！）

全員が粛然《しゆくぜん》として、咳《しわぶき》ひとつしなかった。

旅人が続けた。

「家持だけではない。妹・坂上郎女にも課題を与えた」

一同が末席の坂上郎女に視線を移した。

「吾亡き後も、家刀自《いえとじ》、母親役を続け、家持を大伴の氏上として訓育することだけにとどまらず、優れた女流歌人を志せと。女を代表する和歌、女でなければ創れぬ歌を、生々しく詠め――と、命じた」

　予想もしなかった旅人の発言に圧倒されていた。驚きを超えていた。

（坂上郎女様には一流の歌人になれとの命令か……）

「吾は由緒ある名門大伴の名を、武門だけでなく和歌の道でも残したいと決断した。皆の者も考えてみよ。『言戦《ことだたかい》』という言葉がある。吾は亡父・安麻呂より、――太古の戦いは、刀剣を抜く前に、まずは言論で相手を説き伏せ、屈服させるのが武力行使よりも上策であった。征服することを『言向《ことむ》け』とも言ったという。いかなる相手も説得するためには、様々なことを学び、身に附けねばならない。大伴は伴造として武の職《つかさ》だけではない。軍事も政事《まつりごと》もこなさねばならぬ『言《こと》の職《つかさ》』ぞ。官人に見下されぬよう、彼ら以上に漢詩漢文を学べ――と命令された。簡単に申せば、武と文の双方で優位に立てば怖れるものは何もない。それだけではない。更に世界が広がるということだ。吾は父の厳しい指示のお蔭で、隼人の乱も、説得を主に無事鎮圧した。長屋王のごとき英邁《えいまい》な方や、藤原房前卿、山上憶良殿のような優れた見識の方々と、引け目を感じず交遊できた。今は和歌が国民に流行している世だ。更に付言すれば、天智帝、天武帝の志向された律令国家は、ほぼ完成された。それゆえ、そなたたちも文官としても登用されるべく、『武の職』同様に『言の職』を認識し、精励せよ」

「ははっ」

「分かりました」

　全員が両手を突き、深く頭を下げた。

「以上の通り、今後家持が官職を全うしつつ、文武両道で天下に名を成し、『万葉歌林』を、大伴の事業として完遂できるよう、厳しく温かく見守りを、伏してお願いしたい」

旅人が、氏族の部下たちに深々と頭を下げた。長い話をしたせいか、肩で息をしていた。

牛養が姿勢を正した。

「氏上殿、よくぞここまで腹蔵なく話してくださった。吾ら大伴は伴造でござる。全員が日本の国家のため、国を治める天皇のため、武官であれ、文官であれ、官職を全うしつつ、『万葉歌林』に氏上殿、家持殿、坂上郎女殿、さらには吾らの一首も残されるよう、『言の職』を肝に銘じて、家持殿にお仕え申し上げる。ご休心あれ」

「お約束申し上げまする」

全員が一斉に大きな声を出した。

旅人が、ニコッと微笑みを返した。目尻から涙があふれ出ていた。

末席に連なっていた家持と坂上郎女が、歌人としての重い覚悟をあらためて決めた瞬間であった。

重臣たちは高揚した気分で佐保の館を離れた。

第十三帖　旅人逝く

指進《さすすみ》の栗栖《くるす》の小野《をの》の萩の花ちらむ時にし行きて手向《たむ》けむ
（大伴旅人　万葉集　巻六・九七〇）

（一）萩の花散る

佐保の山の緑が、日ごとに濃くなってきた。風が病床に薫《かお》りを運んでくる。旅人はうつらうつら夢を見ていた。幼い日を過ごした故郷、飛鳥（明日香）の里の日々であった。仲の良かった遊び相手の庶弟・宿奈麻呂《すくなまろ》、少女時代からはにかみ屋であった亡妻、大伴郎女《いらつめ》……。子供の頃、旅人は神名火《かむなび》（神奈備山）と呼ばれていた大神を祀る三輪山の麓に住んでいた。聖なる山には入れないが、山裾の藪を駆けまわり、竹棒を刀にして戦遊びをした。近くを流れる飛鳥川で水浴びや、魚取りをして遊んだ。野苺を摘んでいて、蝮《まむし》に追いかけられ、命からがら逃げたこともあった。他愛もないことで誰彼となく、取っ組み合いの喧嘩もした。幼い日々が、走馬灯のように消えては現れた。

ふっと歌が口をついて出た。

しましくも行きて見てしか神名火《かむなび》の淵《ふち》は浅みて瀬にかなるらむ

（大伴旅人　万葉集　巻六・九六九）

（ほんの暫くでもよいから、故郷へ行ってみたいものだ。……神名火山の麓を流れる飛鳥川の淵が、浅くなって瀬になっていることはないだろうか）

旅人は起き上がると、枕元に置いていた木簡に、この歌を書きとどめた。

布団に座しても、旅人の想いは飛鳥の里を彷徨《さまよ》っていた。鳥のように、景観を空から見ていた。

（そうだ。帰京してずーっと奈良に留まり、ご先祖を祀《まつ》るお祭りをしていないな。この夏を越えて秋には、飛鳥の栗栖《くるす》の野原で萩の花が散る頃にご先祖の供養をせねばなるまい）

すぐ歌に詠んだ。

指進《さすすみ》の栗栖《くるす》の小野《をの》の萩の花ちらむ時にし行きて手向《たむ》けむ

木簡に記録していると、坂上郎女が薬湯を運んできた。

「兄上、なかなか佳い歌ではございませぬか。飛鳥はすぐそこですのに、行けないのは残念でございますわね」

「うむ。なんとも歯がゆいが、……この体ではのう」

薬湯をゆっくり飲み終わると、旅人は背筋を伸ばした。その気配を感じて、坂上郎女も威儀を正した。

「少し話がある」

「はい」

「もうあと何日持つか分からぬが、吾亡き後は、家持、書持の母親代わりだけでなく、父親代わりにもなってくれ。男勝りのそなただ。びしびし叱りつけ、決して甘やかすではないぞ。大伴の統領に育ててくれ。頼むぞ」

「かねてより覚悟致しております」

「さすがじゃ。それに、憶良殿が京師《みやこ》へ帰ってこられたら、再び、家持、書持の指導を乞うべし。太宰府の時と異なり、憶良殿を招けば目立つ。あらぬ疑いも持たれよう。憶良殿の私宅に、通わせるがよい。供には助とその配下を付けるがよかろう」

「心得ました」

「憶良殿も高齢で持病持ちだ。家持が人並みの歌詠みになるまでお元気かどうか分からぬ。後はそなたがよく指導せよ。憶良殿の口癖であったが、まさに――教学相長ずる――という。一首一首をおろそかにするな」

「承知しました。兄上、お任せくだされ」

旅人の顔に満足の微笑みが溢れた。

「助を呼べ」


憶良の手配で、今は家持の下男となって、秘かに身辺警護をしている山辺衆候の助が、縁の下に平伏していた。

「助、構わぬ。座敷へ上がり、枕元に近う寄れ」

命ぜられるままに、助は枕元に座った。

「助よ、家持と書持をよろしく頼む」

「氏上殿、命を懸けてお守り致しまする」

「妹よ、床の間に飾ってある長剣と脇差を持ってこい」

「はい」

坂上郎女が両刀を旅人に渡した。

「助、憶良殿も吾と同様に三途の川を渡った後は、権も吾が屋敷の庭師としてこの佐保の館に来ることになっておる。長剣は権に、脇差はそちに渡す。吾が形見ぞ」

「しかと承りました」

助は両手で両刀を頭上高く差し上げて、叩頭《こうとう》した。

それが旅人の最後の言葉となった。
天平三年（七三一）七月二十五日。旅人は享年六十七歳で永眠した。

（二）傔従《けんじゅう》と目付の挽歌

旅人に仕えていた傔従（舎人《とねり》）に余明軍《よのみょうぐん》という男がいた。余氏は百済王族の名門であった。新羅に抵抗した余自進《じしん》将軍の一族で、亡命渡来人の子弟である。旅人が昨年大納言に昇叙したので、職分資人《しきぶんしじん》として式部省から増員になった舎人である。漢籍の知識もあったので、旅人は品格のある明軍を側近として重用した。明軍は民族の差別をしない旅人を心から畏敬していた。犬馬《けんば》のように旅人を慕っていた。その心の悲しみを挽歌に詠んだ。

はしきやし栄えし君のいましせば昨日も今日も吾《わ》を召さましを
（余明軍　万葉集　巻三・四五四）

――お懐かしいお元気なご主人様がおいでになったら、昨日も今日も自分を呼んで、ご用をお言いつけになったであろうに――

かくのみにありけるものを萩《はぎ》の花咲きてありやと問ひし君やも

（余明軍　万葉集　巻三・四五五）

――今日はこのように萩の花が咲いている。しかし先日、「花はもう咲いているか」と私にお問いになった旅人様はもういない。旅人様は萩の花がお好きであった――

遠長く仕へむものと思《おも》へりし君いまさねば心神《こころど》もなし

（余明軍　万葉集　巻三・四五七）

――いつまでも永久にお仕え申し上げようと思っていたご主人様がいなくなったので、私の元気はなくなってしまった――

舎人の余明軍が挽歌を詠んだのは自然であるが、もう一人、異色の人物が挽歌を捧げた。旅人の「検護」（検察と看護）にとの勅命で派遣された内礼正《ないらいのかみ》の縣犬養人上《あがたいぬかいのひとかみ》である。もともと内礼司《ないらいのつかさ》は中務省《なかつかさしょう》に属して、宮中の礼儀や非違（異例の不祥事）を検察する役所である。従二位大納言の旅人には、位分資人《いぶんしじん》八十名、職分資人百名、合計百八十名の舎人が支給されていた。朝廷が怖れていたのは、旅人がこの百八十名の舎人や、大伴氏族、あるいは佐伯氏などの古来の豪族、さらには筑紫の防人軍団を率いて決起する事態であった。

薬師ではない人上が派遣されたのは、看護の名の許に、病気の旅人を監視するのが主命であった。

しかし旅人には、房前卿と約したように、国を二分するような乱を起こす意図は微塵《みじん》もない。目付の人上もまた身近に旅人に接して、その寛容な人柄に心服し、心のこもった挽歌を捧げた。

見れど飽かずいましし君がもみち葉《ば》の移りい去《ゆ》けば悲しくもあるか

（縣犬養人上　万葉集　巻三・四五九）

――いくら見ても見飽きぬほど懐かしい旅人殿が、黄葉の枯れ落ちるように、お亡くなりになったのは悲しいことである――

これらの資人百八十名は、旅人薨去の一年後に、式部省に戻される規則であった。旅人を畏敬していた余明軍も例外ではない。

学識のある明軍は、旅人の没後、山上憶良が帰京するまでの半年ほど、家持の家庭教師を務め、文選などの漢籍を教えていた。

後日、明軍は、遺児となった家持と別れる時、親愛と痛惜の情を披歴した。

見まつりていまだ時だに更《かは》らねば年月のごとおもほゆる君

（余明軍　万葉集　巻四・五七九）

——お会いしてからまだそれほど時節は移り変わっていませんが、長い年月が過ぎたように思える家持君です——

(三) 呼子鳥《よぶこどり》

大伴氏族では、少年家持が予定通り氏上を継いだ。律令の制度では、氏上は文字通り非公式の統領である。氏族の各個人は、それぞれ官人として、官位と官職を得て、朝廷より禄を受けていた。

聖武天皇、光明皇后、藤原武智麻呂以下一門にとって、元征隼人持節大将軍、従二位大納言、大伴旅人の薨去は、長屋王の自害に続く、重石《おもし》の消滅であった。

律令の規定通りの葬儀が行われた。

朝廷を脅かした隼人の乱を鎮めた功績のある武将であり、最高位の太政官ではあったが、朝廷は追贈などの格別の弔意を示さなかった。

無位無官の少年の氏上、家持は、朝廷に無視されていた。

——今は無視されている方が安全でよい。今に見ておれ——

牛養や稲公たちは、密かに家持の教育を続けることを誓い合っていた。

翌八月。朝廷は新たに六人の参議を任命した。

式部卿　従三位　　藤原宇合《うまかい》

民部卿　従三位　多治比縣守《あがたもり》
兵部卿　従三位　藤原麻呂《まろ》
大蔵卿　正四位上　鈴鹿王《すずか》
左大弁　正四位下　葛城王《かずらぎ》
右大弁　正四位下　大伴道足《みちたり》

宇合、県守、麻呂、道足の四名は、長屋王の変でも昇叙を共にしていた。

藤原は長兄武智麻呂が大納言であり、次男房前に加えて三男宇合、四男麻呂が参議となったので兄弟四人が朝議入りした。まさに藤原の天下となった。

道足は、大伴氏族を代表する参議となり、肩書に満足していた。

鈴鹿王は長屋王の異母弟である。しかし生母の身分が低かったので、皇位継承の候補となる可能性はなかった。それゆえに、長屋王の変では、断罪を免れていた。世間の悪評を気にした藤原一族の、政策的な配慮であった、能力人事ではなかった。

大宮人や国民が驚いたのは、葛城王の起用であった。

葛城王。

父は美努《みぬ》王。母は縣犬養橘三千代《あがたいぬかいたちばなのみちよ》である。時代は遡《さかのぼ》るが、持統八年（六九四）、美努王が大宰帥として筑紫に赴任中、三千代は藤原不比等に強姦され、彼の後妻になっていた。

三千代は持統女帝のお気に入りの官女であった。したがって葛城王は、内心深く藤原の専横を不愉快に思っていたが、感情を表に出すことなく、有能な大宮人として、着々と官位を上げていた。

後に葛城王の名を捨てて、母方の姓、橘を継ぎ、橘諸兄《たちばなのもろえ》と名乗り、正一位左大臣にまで出世する。後年、家持と親しい間柄になろうとは、大伴氏族の誰も予想していなかった。しかし山上憶良は、山辺衆配下の候《うかみ》「硃《あか》」こと宮廷歌人の山部赤人に命じて、少年家持を葛城王に密かに結び付けていた。

坂上郎女は、昔の恋人で一時は夫であった藤原麻呂が参議に出世したと聞き、一瞬、古傷に塩を塗られたような不快な心の痛みを感じた。

（過去は無きなり。家持を鍛えねばならぬ。無視しよう）

と、決意していた。

九月。旅人の後任の大宰帥に、藤原武智麻呂が任命された。大納言との兼官で在京のままである。

——前任の多治比池守卿、後任の武智麻呂、共に兼官とは……兄上の大宰帥は左遷であった。ひどい人事だった。ご病気の義姉《あね》・郎女様も兄上も、死期を早められた——

坂上郎女は、光明皇后や武智麻呂を許し難いと独り怒った。口には出さなかった。

旅人が薨じて半年たち、天平は四年（七三二）となった。

新参議の鈴鹿王と葛城王が、従三位に昇格し、多治比縣守が中納言として太政官入りした。一見皇親派と藤原一門の並立《へいりつ》のように見えた。

　旅人亡き後、古来の豪族の代表とみられていた中納言阿倍広庭が薨去した。朝議は、知太政官事（太政大臣）の舎人《とねり》親王、大納言藤原武智麻呂、中納言多治比縣守の三名で仕切られることになった。藤原の天下となっていた。


――皇親派だった多治比家も、縣守まで藤原一族に取り込まれたか。今に見ておれ――

　平城京の南九条、羅生門に近い場末の貧しい小屋で、数人の男たちが濁酒《にごりざけ》を飲んでいた。長屋王の遺臣や、東国の上野《こうづけ》国多胡《たこ》郡から流出した村人であった。流浪の村人たちの主、多胡郡司・羊大夫《ひつじだゆう》は、秩父の銅を掘り当て、朝廷に献じた。和銅元年と改元され、藤原不比等に褒賞された。しかし後年、蝦夷の反乱に関与していたとの無実の罪を着せられて、縣守の率いる軍に攻められ、羊大夫は自決し、村人は離散していた。銅の権益を独占したい藤原一族の策謀であった。彼らは藤原や、その恩恵を享受していた多治比に密かに復讐を誓っていた。

　隅の方に浮浪者が独り静かに座り、時々酒代を彼らに渡していた。誰も素性を知らなかった。砵《あか》であった。

（復讐の全貌については令和万葉秘帖「長屋王の変」第十三帖　天誅　に書いた）

　春三月、佐保の里では春の鳥が恋の相手を求めて鳴き始めた。

（煩《うるさ》いわね。……でも兄上は鳥好きだった……）

坂上郎女は旅人を偲んで詠んだ。

尋常《よのつね》に聞くは苦しき喚子鳥《よぶこどり》聲なつかしき時にはなりぬ

（坂上郎女　万葉集　巻八・一四四七）

――少し聞くと、兄上を失った私の悲しい心を揺り動かすようで、辛い呼子鳥の鳴き声ではあるが、その声も懐かしい春のお季節になった――

（……くよくよしたって兄上は喜ばないわ。……過去は無きなり。小鳥たちのように、叶うと叶うまいと、私も新しい恋をしよう。現実でも、夢の中でも構わぬ。女として燃えよう！……そうだ、兄上も詠まれていた！）

坂上郎女は立ち上がり深呼吸をして、袖を振り回して踊りながら、大きな声で歌った。

生者《いけるもの》つひにも死ぬるものにあれば今ある間《ほど》は楽《たの》しくをあらな

（大伴旅人　万葉集　巻三・三四九）

精気が身体中に満ちてきたように感じていた。

あとがき

令和万葉秘帖シリーズの五冊目は「落日の光芒」と題をつけた。
かつて沖縄の竹富島《たけとみじま》に旅した時の、天空一面、燃ゆるごとき強烈な落日の印象が、今なお記憶に鮮明である。大伴旅人の晩年を、夕日と紅葉の表紙に象徴していただいた。夕陽が旅人であり、色様々な紅葉が、旅人に所縁《ゆかり》ある老若男女の万葉歌人たちである。

「蓋棺《がいかん》」――棺を蓋《おお》いて事定まる（晋書劉毅《りゅうき》伝）――。死んでこの世を去った後に、初めてその人の生前の事業や性行（性質や行動）の真価が定まる。（広辞苑）
大伴氏族は天皇の直臣として、古来の豪族たちを統率する武門の名門貴族であった。旅人はその氏上であり、前征隼人持節大将軍として、武人の頂点にあった。太政官としては従二位大納言兼大宰帥。民臣最高位の地位で薨去した。
官位職位だけであれば、藤原不比等や多治比嶋などの格上の大臣経験者が多数いる。しかし、隼人の大反乱を鎮圧し、中納言として左大臣長屋王の政事を輔佐し、さらに和歌の分野で、宮廷歌壇とは一線を画した筑紫歌壇を形成した。旅人に比肩するような、武門と政事と文芸に長じた顕官はいない。

しかも旅人と憶良が主導した歌風は、今日の現代短歌の起源ともいうべき生活歌、人生歌、社会歌であった。皇族や貴族、あるいは宮廷歌人とは異なり、身分の低い大宰府政庁の部下や西国の国司たちとも詠み交わした。愛人の遊行女婦《うかれめ》と水城《みずき》で切ない相聞歌を残した。長屋王に似て粋《いき》である。

旅人が大納言となり筑紫を去った時、西国の官民や国民は、燦燦《さんさん》と輝いていた太陽が没したような気になったであろう。旅人を偲ぶ西国の民の気持ちを代弁したのが、筑後守葛井大成《ふじいおおなり》が送った歌である。

今よりは城《き》の山道は不楽《さぶ》しけむわが通はむと思ひしものを

（葛井大成　万葉集　巻四・五七六）

——帥殿に逢えると、通うのが楽しかった城（基肄《きい》城）の山道も、帥殿が京師《みやこ》に帰られてからは、その山道を通って太宰府へ行くのが寂しくなりました——

私は太宰府での旅人の三年間の生活や帰京後の半年余の心境を、万葉集の歌や詞書を参考にして描いてきた。しかし、

——当時の日本朝廷の公式の人事任命が記録されている続日本紀《しょくにほんぎ》には、旅人の大宰帥任命と、大納言昇叙の記載はない。旅人が大宰府に赴任したことは、公式記録にはない。旅人だけではない。山上憶良の筑前守任命の記録もない。二人は公的には筑紫にいなかった——

と書くと、多くの読者や万葉歌愛好家の方々から、「ウッソー」と叫ばれそうである。
まさか！　と思われるだろうが事実である。続日本紀を調べて、私も愕然とした。
旅人が朝議に入った中納言昇叙から、薨去までの間の活動記録は詳細に残されている。しかし「長屋王の変」前後の、旅人の大宰帥任命と大納言昇叙は記載がない。
しかし薨去の際の肩書は大納言であるから、大納言多治比池守薨去の後、帰京前に大納言に任命されていたことは、明白に推理される。更に旅人の薨去後、藤原武智麻呂の大宰帥兼任は明確に記録されている。

旅人と関係者の記事

神亀元年（七二四）二月　聖武天皇（首皇太子）即位。
従二位長屋王正二位。従三位大伴宿禰多比等正三位
以右大臣正二位長屋王為左大臣。

七月　夫人正三位石川朝臣大蕤比売薨。
遣中納言正三位大伴宿禰旅人等。就第宣詔。贈正二位。

天平元年（七二九）二月　……告密。称、左大臣正二位長屋王私学左道。欲傾国家。
……囲長屋王宅……窮問其罪。令王自尽。

三月　以中納言正三位藤原武智麻呂為大納言

天平二年（七三〇）九月　従二位大納言多治比真人池守薨。

天平三年（七三一）一月　**授正三位大伴宿禰旅人従二位。**
七月　大納言大伴宿禰旅人薨。
九月　大納言正三位藤原朝臣武智麻呂為兼大宰帥。

一方、憶良の筑前守任命もまた抹消か無視されていた。

憶良と関係者の記事
大宝元年（七〇一）一月　以守民部尚書直大貳粟田朝臣真人為遣唐執節使。**無位山於憶良**（ママ）**為少録。**

和銅七年（七一四）一月　**授正六位下山上臣憶良従五位下。**

霊亀二年（七一六）一月　授従三位長屋王正三位。

五月　以従五位下山上臣憶良**為伯耆守。**

養老五年（七二一）一月　詔従五位下山上臣憶良。朝来直賀須夜。**令侍東宮焉。**


大宰帥、大納言は、太政官の大官である。筑前守もまた西国九カ国では重要な国守である。公式的には左遷には見えないが、裏があった。まさに謀計の「隠流《しのび》し」であったことは明白である。

長屋王の寵臣であった武の中納言・大伴旅人と知の東宮侍講・山上憶良を、長屋王自尽の事前工作として、遥か西国に追放した計画が、後世の史家や国民に分からぬように、藤原一派は遠大な人事計画を練り、実行した。さらに、——朝廷の公式記録である続日本紀からも抹消した——としか思えない。

武将として古来の豪族に人望があり、中納言として実績がある大伴氏族の氏上・旅人が、平城京にいては、藤原一派は手も足も出なかったであろう。藤原一族にとっては、帰京した旅人は——敬して遠ざけるべき存在——であった。それが突然の——従二位昇格——であった。正三位大納言の武智麻呂との異例の逆転人事措置は、国を二分する内乱を避けた房前卿の深慮であろうと推理した。(令和万葉秘帖「長屋王の変」 第十一帖 昇叙の真相)

旅人と同様に、遣唐使節の一員として、国際通であり、伯耆守の国守を務め、碩学の東宮侍講として聖武帝に影響力を持っていた山上憶良もまた権力に靡《なび》かぬ性格ゆえ、藤原には目障りであったろう。憶良が知的な大宮人に影響力を持っていた史実が万葉歌と詞書《ことばがき》に残されている。帰京後、藤原八束《やつか》(房前卿の次男で後に中納言)や、多治比廣成(遣唐使大使、後に中納言)などの俊秀が、無官の憶良と交流していた。(令和万葉秘帖「長屋王の変」 第十二帖 終の手配り)

政権に都合のいいような公文書の抹消や改竄《かいざん》は、奈良時代からあった。

それゆえに、万葉集は文学の面だけでなく、日本書紀や続日本紀の補完資料としての価値が計り知れないほど高い。古代史と万葉集、叙事と抒情の世界を止揚《しよう》(アウフヘーベン)したいとの筆者の構想が次第にご理解いただけて、至福である。

旅人の晩年は、筑紫の人々との別れ、帰途の船旅での様々な半生懐旧、高安王との難波での色懺悔や贈袍《ぞうほう》、帰京後の異例の昇叙や薨去直前の心境など濃密であった。心に響く名歌を多く残している。八十六歳の老境にある私には何かとオーバーラップする。旅人の心境や行動は、読者にも共感を頂けるのではなかろうか。

楓《かえで》は好きな樹である。初夏の太陽に透ける青葉を栄光の時代とすれば、紅葉はまさに今のわが身である。落日の光芒に映えさせたい。

ここまで出版できたのは、熱心な読者の方々の支援のお蔭である。

専横の藤原一門と対立する大伴氏族の氏上・家持は、桓武帝の逆鱗《げきりん》に触れ、大伴家は断絶され、財産は没収される。家持の遺骨は遺児永主《ながぬし》と共に隠岐《おき》の島に長期流罪《るざい》となった。作歌を絶った家持の心境。激変の人生と選良としての苦悩の決断。陰陽師頭・山上船主《ふなぬし》の活躍により、「万葉歌林」の草稿が、「万葉集」として世に出た経緯。これらの有為転変《ういてんぺん》の史実と創作を、じっくりと「結」の最終冊「いや重け吉事《しよごと》」に纏め、ご愛顧に応えたい。

学友渡部展夫君、知友小林紀久子さん、茂木馨子さんの助言や指摘により、巻を追うごとに筆が走り、仕上がりがよくなった。日曜作家の筆遊《ふですさ》みを温かくご支援くださる郁朋社佐藤聡社長、猪越美樹氏、装丁の宮田麻希氏に感謝したい。

令和万葉秘帖シリーズ　参考文献一覧

引用文献

万葉の歌は佐々木信綱編「万葉集」を引用しました。そのためルビは旧仮名遣いです。文中に部分使用している時は、新仮名遣いに統一しています。

佐々木信綱編『新訂新訓　万葉集　上巻、下巻』岩波書店
宇治谷孟『日本書紀　全現代語訳（上）（下）』講談社学術文庫
宇治谷孟『続日本紀　全現代語訳（上）（中）（下）』講談社学術文庫

参考文献

斎藤茂吉著『万葉秀歌　上巻　下巻』岩波新書
中西進『万葉の秀歌』ちくま学芸文庫
佐々木信綱編『新訂新訓　万葉集　上巻、下巻』岩波書店
折口信夫『口訳万葉集（上）（中）（下）』岩波現代文庫
犬養孝『万葉の人びと』新潮文庫
西郷信綱『萬葉私記』未来社
北山茂夫著『万葉群像』岩波新書

森浩『万葉集に歴史を読む』ちくま学芸文庫
小林恵子『本当は怖ろしい万葉集』祥伝社黄金文庫
山本健吉『万葉の歌』淡交社
篠﨑紘一『言霊』角川書店
崎山祐宏『山の辺の道　文学散歩』綜文館
季刊明日香風1『万葉のロマンと歴史の謎』飛鳥保存財団
季刊明日香風2『古代の見える風景』飛鳥保存財団
季刊明日香風4『甦る古代のかけ橋』飛鳥保存財団
季刊明日香風6『女帝の時代①』飛鳥保存財団
季刊明日香風7『女帝の時代②』飛鳥保存財団
季刊明日香風9『「興事を好む」女帝―斉明紀の謎』飛鳥保存財団
季刊明日香風10『キトラ古墳・十一面観音と一輪の蓮華』飛鳥保存財団
季刊明日香風11『東明神古墳・古代の日中交流・万葉の薬草』飛鳥保存財団
奈良国立文化財研究所『飛鳥資料館案内』奈良国立文化財研究所
東京国立博物館・読売新聞社・NHKほか『正倉院の世界』読売新聞社
奈良国立博物館第七十一回『正倉院展』目録　仏教美術協会
椎野禎文『日本古代の神話的観想』かもがわ出版
林順治『日本書紀集中講義』えにし書房

宇治谷孟『日本書紀　全現代語訳（上）（下）』講談社学術文庫
歴史読本『日本書紀と古代天皇』２０１３年４月号　新人物往来社
宇治谷孟『続日本紀　全現代語訳（上）（中）（下）』
関裕二『新史論４　天智と天武　日本書紀の真相』小学館新書
森公章『天智天皇（人物叢書）』吉川弘文館
川崎庸之著『天武天皇』岩波新書
渡辺康則『万葉集があばく捏造された天皇・天智　上　下』大空出版
立美洋『天智・天武　死の秘密』三一書房
中村修也『天智朝と東アジア』ＮＨＫブックス
別冊歴史読本『壬申の乱・大海人皇子の野望』新人物往来社
井沢元彦『誰が歴史を歪めたか』祥伝社黄金文庫
宮崎幹男『万葉集「春過ぎて…」の一考察』新・八早会誌・第12号
江口孝夫『懐風藻　全訳注』講談社学術文庫
浜島書店『解明日本史資料集』浜島書店
洋泉社『歴史ＲＥＡＬ　敗者の日本史』洋泉社
別冊宝島『古代史15の新説』宝島社
別冊歴史読本『歴史常識のウソ３００』新人物往来社

武光誠『古代女帝のすべて』新人物往来社
別冊宝島『持統天皇とは何か』宝島社
土橋寛『持統天皇と藤原不比等』中公文庫
安永明子『井上皇后悲歌　平城京の終焉』新人物往来社

藤井清『旅人と憶良―東洋文化の流れのなかで』短歌新聞社
星野秀水『天の眼　山上憶良』日本文学館
山上憶良の会「今　倉吉でよみがえる山上憶良」山上憶良の会
古都太宰府を守る会　都府楼11号『梅花の宴』古都太宰府を守る会
九州国立博物館・太宰府市教育委員会『新羅王子が見た大宰府』九州国立博物館
㈱ジーエータップ『宗像大社』宗像大社社務所
三谷陽子『琴楽の歴史的変遷』「東洋音楽研究」第38号1・2
小野寛『大伴家持』笠間書院
植木又一『防人歌』作歌者たちの天上同窓会　海鳥社
高岡市万葉歴史館『越中万葉をたどる』笠間書院
高岡市万葉歴史館『大伴家持』高岡市万葉歴史館
多田一臣『柿本人麻呂（人物叢書）』吉川弘文館
梅原猛『水底の歌　柿本人麻呂論』上巻・下巻新潮社

江馬務・谷山茂・猪野謙二『新修国語総覧』京都書房
小学館『ＪＡＰＯＮＩＣＡ大日本百科事典』小学館

【著者紹介】

大杉　耕一（おおすぎ　こういち）
大分県津久見市出身　1935年（昭和10年）生
臼杵高　京都大学経済学部卒　住友銀行入行
研修所講師、ロンドン勤務、国内支店長、関係会社役員
61歳より晴耕雨読の遊翁

著書　「見よ、あの彗星を」（ノルマン征服記）日経事業出版社
「ロンドン憶良見聞録」日経事業出版社
「艇差一尺」文藝春秋社（第15回自費出版文化賞の小説部門入選）
「令和万葉秘帖―隠流し―」郁朋社
「令和万葉秘帖―まほろばの陰翳　上巻―」郁朋社
「令和万葉秘帖―まほろばの陰翳　下巻―」郁朋社
「令和万葉秘帖―長屋王の変―」郁朋社

編集　京都大学ボート部百年史上巻　編集委員
京都大学ボート部百年史下巻　編集委員長

趣味　短歌鑑賞（ロンドン時代短歌を詠み、朝日歌壇秀歌選に2首採録）
史跡探訪

運動　70歳より京大濃青会鶴見川最シニアクルーの舵手
世界マスターズの優勝メダル2及びOAR（80代現役漕手賞）

令《れい》和《わ》万《まん》葉《よう》秘《ひ》帖《ちよう》　――落日《らくじつ》の光芒《こうぼう》――

2021年9月10日　第1刷発行

著　者 ― 大杉《おおすぎ》　耕一《こういち》

発行者 ― 佐藤　聡

発行所 ― 株式会社 郁朋社《いくほうしや》

〒101-0061　東京都千代田区神田三崎町2-20-4
電　話　03（3234）8923（代表）
ＦＡＸ　03（3234）3948
振　替　00160-5-100328

印刷・製本 ― 日本ハイコム株式会社

装　丁 ― 宮田麻希

郁朋社ホームページアドレス　http://www.ikuhousha.com
この本に関するご意見・ご感想をメールでお寄せいただく際は、
comment@ikuhousha.com までお願い致します。

 ISBN978-4-87302-740-1 C0093